Ganga-Zumba

João Felício dos Santos

Ganga-Zumba

2ª edição

JOSÉ OLYMPIO
EDITORA

© *Herdeiros João Felício dos Santos, 2006*

Reservam-se os direitos desta edição à
EDITORA JOSÉ OLYMPIO LTDA.
Rua Argentina, 171 – 3º andar – São Cristóvão
20921-380 – Rio de Janeiro, RJ – República Federativa do Brasil
Tel.: (21) 2585-2060
Printed in Brazil / Impresso no Brasil

Atendimento e venda direta ao leitor:
mdireto@record.com.br
Tel.: (21) 2585-2002

ISBN 978-85-03-00852-5

Capa: HYBRIS DESIGN / ISABELLA PERROTTA

Texto revisado segundo o novo Acordo Ortográfico da Língua Portuguesa.

CIP-BRASIL. CATALOGAÇÃO-NA-FONTE
SINDICATO NACIONAL DOS EDITORES DE LIVROS, RJ

S235g	Santos, João Felício dos, 1911-1989 Ganga-Zumba / João Felício dos Santos. – 2ª ed. – Rio de Janeiro: José Olympio, 2010.

    ISBN 978-85-03-00852-5

    1. Zumbi, m. 1695 – Ficção. 2. Brasil – História –
Palmares, 1630-1695 – Ficção. 3. Romance brasileiro.
I. Título.

CDD: 869.93

10-0802   CDU: 821.134.3(81)-3

"(...) *Toda a forma de Guerra se acha nelles, com todos os Cabos Maiores e inferiores, assim para o sucesso das pelejas, como para a assistencia ao Rei; reconhecem-se todos obedientes a um que se chama* GANGA-ZUMBA, *que quer dizer Senhor Grande; a esta tem por Rei e Senhor todos os mais assim naturaes dos Palmares, como vindos de fora; tem palacio, Capas de sua familia, é assistido de guardas e officiaes, que custumão ter as Casas Reaes; é tratado com todos os respeitos de Rei e com todas as cerimonias de Senhor; os que chegão á sua presença põem logo o joelho no chão, e batem as palmas das mãos signal do seu reconhecimento, e protestação de sua excellencia; falão-lhe por Magestade, obedecem-lhe por adimiração; habita na sua Cidade Real...*"

(Da *Revista do Instituto Histórico*
Tomo XXII, 1859, p. 305/306)

Ninguém sabe ao certo quando começou a história do Rei Zumbi.

Velhos livros contam que, um dia, trinta ou quarenta escravos guinés fugidos de uma fazenda nordestina fundaram um núcleo independente em um outeiro inóspito da serra Barriga, nas Alagoas, então Capitania de Pernambuco.

Talvez isso tivesse acontecido por volta de 1605.

Mais tarde, com o esparrame da notícia pelos ainda raros engenhos e povoados onde só o que imperava era a prepotência dos brancos, aquele núcleo dos desassombros cresceu rapidamente por via de novas levas oprimidas que principiaram a buscar refúgio naquelas ermas seguranças.

Antigamente, os negros fugidos do cativeiro eram chamados QUILOMBOLAS e o conglomerado de suas taperas escondidas na mata — o QUILOMBO.

No Brasil daqueles tempos, mesmo na Bahia e em Minas Gerais, havia muitos quilombos, mas o QUILOMBO DOS PALMARES (o núcleo fundado pelos guinés e transformado, depois, em grande nação governada pela vontade suprema de um Rei negro) foi o mais importante de todos.

Composto de uma série de aldeias localizadas com estratégia e ligadas entre si por uma rede de caminhos ocultos na floresta, "Palmares" atravessou quase todo o século XVII e chegou a abrigar, de uma só vez, alguns milhares de negros encandeados pelos ásperos rumos de Liberdade.

Em 1630, a contar da trágica madrugada que foi a de sexta-feira, do dia 15 de fevereiro, quando os holandeses começaram a invadir Pernambuco monopolizando os cuidados do Governo Colonial, "Palmares" partiu para seu auge de expansão e progresso. Então, alastrou-se em outras aldeias cada vez mais distantes (Andalaquituxe — a capital —, Arotirene, Dambrabanga, Subupira, aldeia militar, Osenga, Macacos...) e derramou seus domínios pela vertente oeste da serra sagrada, em direção às margens do rio São Francisco, boas de peixe, boas de encostas para o inhame, para a mandioca.

As aldeias formadas por tugúrios sumários de palha-catolé, sem rótulas ou janelas, mas sempre voltados para o nascente, eram fortificadas com altas cercas de pau a pique e, via de regra, circundadas por toda sorte de armadilhas defensivas, inclusive os terríveis estrepes, como veremos na história.

Até 1632 ou 1635, os guinés, inteligentes e anárquicos, não permitiram que o destino do quilombo estivesse entregue a um Governo constituído: aquele mundo de léguas de agreste, sertão e matas era igualmente possessão de quem e de quantos necessitassem ocultar o escravizado corpo a algum senhor perverso como eram os senhores numa época em que o negro representava apenas uma peça comprada, sem qualquer outro sentido além do material.

Foi então que, no outeiro sagrado da Liberdade, apareceu, como simples quilombola, um Rei banto.

O Rei trazia o nome africano de Zambi e principiou por usurpar o poder dentro da mais crua violência. Logo mandou sacrificar os despreocupados guinés e fundou sua dinastia divinizada no sangue e na luta, só extinta no dia 7 de fevereiro de 1694, um domingo, com a morte um tanto lendária de seu sucessor, o fabuloso ZUMBI.

Zambi *é nome próprio usado pela nobreza das nações iorubas, mas* Zumbi *escrito com U, foi o atributo dado pelo povo palmarino a seu último e destemidíssimo régulo.*

Zumbi *significa, em quimbundo, o mais poderoso dos gênios do mal, uma espécie de diabo roxo, irmão e dono de Calunga (o Mar).*

Esse cativeiro fraterno era a presença da escravidão como triste constante na vida dos negros vendidos, ainda em suas terras, por sobas, pretos também.

Palmares foi uma exceção magnífica, um fruto sublime da sede de libertação que, a par do banzo mortal, atacava os negros mais nobres entregues às contingências do cativeiro, apenas aportados ao Brasil, a Cuba e, ocasionalmente, a outros países americanos.

A verdade é que, sobre o assunto, já foram divulgados muitos trabalhos ilustres, em geral com base na obra de Sebastião da Rocha Pita ou na documentação ajuntada por Fernão de Souza Coutinho, para só citar os mais distantes.

Cem outros nomes poderiam ser mencionados com justiça, não fossem já tão conhecidos dos que se interessam pelo tema: a história do negro no Brasil.

No fim deste volume, prevenindo surpresas quanto à singularidade do vocabulário empregado, encontra-se uma relação de palavras e expressões — quase todas africanas ou de origem negra — grafadas segundo o critério de melhor representação fonética, acompanhadas somente do respectivo significado ou equivalência, sem qualquer pretensão didática. Nem mesmo se acham indicadas as origens precisas de cada termo, pois, é sabido, na África misteriosa existe quase meio milhar de nações (bantos, sudaneses, gêge-nagôs, malés...) e pelo menos outros tantos dialetos (ioruba, bundo, mandinga...) cada qual com suas variantes de usos, costumes, rituais religiosos, invocações, crenças...

Ainda da relação, por óbvio, não constam palavras facilmente identificáveis pelo sentido em que foram empregadas no texto.

Os QUILOMBOS DOS PALMARES *e os* QUILOMBOLAS DO REI ZUMBI *foram evidentemente o cenário, o fundo, o motivo, a época e as personagens deste romance, escrito no Rio de Janeiro, entre os anos de 1959 e 1961.*

O livro é de todos aqueles que, em algum tempo da vida, lutaram até o fim por uma estrela qualquer.

J. F. S.

Primeira Parte

"o vento que vem do mar"

1

Dente só, suor alumiando nos longes, pretinho Antão esbarrou, enfarado de subir morro.

Pé de umbu, debruçado de graça no barranco, agradou o cafunje com a gostosura fresca de uma sombra.

Passava uma coisinha das onze horas. Sol pinicava de dar bicho mas a brenha sumia esverdeando verdes nos sem-fim da serra do Catimbau porque o ano de 1673 findava macio, muito chovido, numa fartura entusiasmada, graças a Deus!

Moleque Antão se danou arrenegando aquele caminho comprido que, na pisada do tempo, os homens primeiro haviam rompido pelas encostas brutas, amarrando os eitos novos à casa-grande.

— Que de trabalhos e canseiras o caminho comprido havia de ter custado aos desbravadores da terra bugre!

Numa gosma de remancho, moleque arriou os púcaros no sombreado, sacudiu o suor no barro seco e ficou olhando que olhando:

— Xô, conho!

Os púcaros iam justamente para o baixão dos eitos. Labuta de todo dia era aquela mesmo: levar tamina de água para a tarde aos escravos presos à maneração da cana.

Ruim naquilo não era nem a chuva de pirraça nem o sol duro que, conforme calhasse verão ou inverno, enfeitavam a tarefa do moleque no estirão: ruim de verdade, sem tirar nem botar, era a obrigação rude que encurtava os vãos risonhos da vadiação no córrego, senão as demoras na cozinha da fazenda, sempre festiva de quitutes.

Quando chuva de abril engrossava nas calhas largas, a cozinha virava o melhor canto do mundo! Dia assim, pretinho se encolhia ao pé do fogo imaginando descaração de agasalho, olho pregado nas cativas de peitos muito banhados em água de macela acochados nas batas alvinhas que nem almofadas da sala de dentro da casa-grande.

Mas do que Antão pretinho gostava pra valer era de apreciar no seu bem quieto (mingau na colher, espanto nas vontades) a xiba assanhada dos traseiros de Natália mucama, zanzando em roda do fogão.

Era isso que dava amolença no moleque.

2

O caminho que enfarou Antão, dente só, suor alumiando, era aquele mesmo que vinha do mar, minhocando pelas ladeiras, nos rumos de São Roque da Encruzilhada.

Moleque meteu olho de recreio nas manchas de sol e sombra que bordavam a língua de barro até no termo da vista. — Quanta coisa bonita se contava do mar onde os saveiros tristes, acalentando sono largado, balançavam de manso lembranças distantes... — cabeça de moleque gostava de variar também. Gostava de variar por dentro das conversas ouvidas nos serões do terreiro — ... distantes; do mar, calungo das areias dormidas no banzo dos negros... — cabeça do moleque variando — ... dos negros; do mar das sumacas formosas levantando serranias nos ventos passados... — cabeça do moleque — ... nos ventos passados; do mar que dá sono na carreira dos sem paradeiro da terra perdida... do mar moçambique...

Moleque olhou para um bolo de nuvens branquinhas, bem por cima do umbuzeiro, como se estivesse vendo lá no alto...

— Vendo quê, moleque? — pretinho Antão lá sabia aonde ficava Moçambique?! Deveras mesmo, cafunje reinador nem nunca tinha visto onda de mar quanto mais barco vaidoso nos panos lá dele!...

3

Quem contava tudo era Pedro Aroroba. Pedro Aroroba era dunga macota do bom! Pedro Aroroba devia de saber dos aquilos que ninguém sabia!...

Quando moleque largou de mão ideia de mar e voltou para dentro dele mesmo, pensou como seria bom uma gente qualquer ser andeja, mas, porém, sem a obrigação de povo cativo.

Andejo seguro, querendo, podia seguir viagem por aquela estrada que estava ali, até Serinhaém. Isso, no caso de seguir sem tabela. Senão, variando pela mão de baixo, desde que arribasse no alto dos Penedos de São Francisco, podia topar as Alagoas no pipoco do terceiro ou do quarto dia de jornada. Depois... depois eram os Palmares...

No São Francisco, rio onde jurupoca atingia bem seis palmos — Pedro Aroroba contou num dia de calundu solto — é que tinha se dado o último esparramo de negros fugidos. O bambaré ferveu debaixo de peia, em hora apagada, véspera de carimbação de peças recém-compradas no entreposto da vila.

Sangue borbotou seguro como vinho em racha de pipa. Depois, tudo deu em nada: negro que não comeu tronco, comeu anjinhos; ferro em brasa chiou letra de dono na carne de escravo... Tudo deu em nada!

— Sina de cativo, gente!

Pretinho Antão, esquecido de levar a água, esquecido dos horários, começou de novo a se entreter lembrando histórias de Pedro Aroroba: — Os quilombolas...

4

A casa-grande, légua muita de testa, era das mais faceiras de Pernambuco.

Embora bem retirada do porto (o Recife) e do mercado de Olinda (sortido toda vida), toda a fazenda e benfeitorias, no que se diz gado e cana, moenda e capela, aguada e senzalas, criação e trem de uso, tudo, tudo pertencia a um Capitão-Ajudante de Infantaria do Terço Ativo da Capitania, por nome Gil Tourinho Areia de Lins.

— E era de hoje que o Capitão sambanga, mau como um corno xococo, comera do Real Conselho Ultramarino aquela sesmaria gorda de fazer gosto, a troco, vai se ver, de qualquer macuto?

Desculpa, desculpa, foi Gil Tourinho ter trazido de Portugal suas mocidades, já rombudas no gasto do abuso, para a briga dos holandeses.

Se, logo depois de chegado, derivou da vida de alcaideans-peçada em que viera comissionado, para a de cabo de guerra, foi que o despotismo da barganha fez-lhe conta. Depois, como ordenança do Mestre de Campo Pero Alenquer Marins (o que trazia quatro índias pio-sucurus para o trivial das noites) a ambição de Gil Tourinho sempre o conservava mais perto da comenda de Santiago de Ronfe ou, quem sabe, da nomeação para Almotacé-Mor...

O certo é que, de luta de sangue por uma nação presa como era Portugal daqueles tempos, Gil Tourinho não tomou acerco tempo nenhum. Mesmo nos dias mais acesos da guerra holandesa, o Capitão descarado, embora de engage no Terço Ativo, varava meses só fuçando terras fartas, preocupado em adquirir sítios à feição de boas lavouras, sobretudo de cana.

Muito de muamba, o Capitão não queria o Sul. Nem a Bahia de que tanto já se comentava em Lisboa não lhe seduzia: — Quer-se em mais calado sossego aquilo que menos gente quer! — era como pensava Gil Tourinho Areia de Lins, ao se estabelecer pros definitivos naquela propriedade eleita entre tantas visitadas com demora, tanto em Pernambuco como na Paraíba, em Itamaracá e no Rio Grande.

Assentada a cabeça, o Capitão casou-se no Corpo Santo com mãe Clotilde — como era conhecida pelo povo a filha mais nova de Souto Maior, afilhada cheia de vontades do Marquês de Montebelo.

5

— Xô, conho! — Moleque Antão exclamou seus desabafos para as preguiças desertas de ao redor.

Depois, deu risada de pura satisfação.

Nisso, Manuel Bobó, Severino e Matias Sanfona, cativos de muita valia, empregados no quinguingu da moenda dos Ingás, apontaram na volta da estrada, bem por trás do pé de pau...

6

No momento em que pretinho Antão, distraído da tarefa, via os três malungos angolas apontando na volta do caminho, o amo, de pelote de seda e socos do reino, no alpendre da casa-grande, escrevia suas queixas ao Governador Dom Pedro de Almeida, recente sucessor de Souza Coutinho.

A carta, depois de felicitar a autoridade civil, num sabujismo, pelo muito acerto de tão eminente Governo em decretar o monopólio do sal, dizia mais ou menos assim: "*... bantos fugidos deste e de outros engenhos seguem formando quilombos pela terra adentro, cujas asperezas e falta de caminhos abertos e enxutos os têm mais fortificados por Natureza do que por arte deles. Crescendo em número cada dia, ditos negros de Angola se adiantam tanto no atrevimento que, com estirados roubos e assaltos, já sem falar nas mortes constantes, fazem despejar muita parte dos moradores vizinhos de seus mocambos...*"

Gil Tourinho reapontou a pena gasta. Depois, esfregou o couro da cara robustecido pelas largas batidas do sol da terra, e ficou considerando a grave inércia do Real Conselho quando, quase meio século antes, aqueles quarenta guinés desesperados com a chibata do Alferes Acácio Muniz Barreto fugiram de São Miguel para fundarem o primeiro quilombo nos Palmares da serra Barriga.

O Capitão tomou sua caneca de pinga macia e, em prossecução, começou a escrever uma outra carta.

Dessa vez, dirigia-se ao mano Miguel Tourinho, seu correspondente muito do atento, em Lisboa: — "*... e desde que esses pulhas do Governo Civil apertaram os de cá com o monopólio do sal, passamos grande falta do dito que, em*

havendo, há de render sempre gordas pintas. Pagar mais tri-
butos aos filhos das unhas do Conselho ou a este maroto Pedro
de Almeida, não lhos pago eu! Assim sendo, manda-me pelo
primeiro barco que daí zarpar dez ou doze barricas de baca-
lhau, em consignação à nossa casa. Mas no sal, carrega-lhes
com estupidez, percebes? Do peixe mesmo, mete apenas o
justo para o cheiro na aduana. Aproveita para mandar alguns
almudes de Varosa tinto e rosado. Repara que seja do melhor
que é para a minha mesa..."

7

Cativo Manuel Bobó mais Severino e Matias Sanfona,
topando moleque Antão, largaram nas pressas a tora pesada
de vinhático que carregavam para a escoração de um dos
moinhos derruídos com as últimas cheias, nos Ingás.

Logo, calados como noite em capuaba, os negros tomaram chegada e, levantando bem alto as mãos espalmadas para
o céu, desceram um joelho no chão, num respeito parado.

Antão se alargou no compasso da saudação: passado minuto de pausa, ergueu os braços sobre as cabeças humildes e
arriou-os de vez. Então, os três cativos se levantaram muito
devagar, silenciosamente.

Finda a cerimônia — mais bonita ainda na defesa da
galharia rompida em folha nova —, os cativos voltaram satisfeitos ao vinhático e se largaram num respeito de paz pelos calores do caminho.

Aquilo se repetia miles de vezes, desde que branco
nenhum estivesse de olho.

8

Moleque Antão nascera, bem dizer, debaixo do sentido de Pedro Aroroba. Fazer, só fazia o que o preto grosso lhe ensinava como mãe que ensina filho marcado por Ogum nagô para Zambi de seu povo.

Inteiro no costume, foi por isso que Antão nem olhou para os retirantes. Botou foi sentido no sabiá-piranga, comedor de pimenta que, logo ali no bambê da mata, se embolava de gozo puro dentro da areia solta de uma covinha, numa lavação de penas:

— Tu tá cum moquenquice, sô da pesta? — Caçou uma pedra maneira e largou pontaria.

Tangido pela violência do golpe, o sabiá rolou a perambeira, largando-nos à toa uma cordinha de pó.

Feliz no serviço, Antão pretinho rasgou um sorriso alvo na boca de todo o tamanho. Deu de coçar a carapinha com força de estralejar:

— Pelo jeito, sacana, tu quiria era isso mermo. Tu tava era muito do satisfeito... tu carecia de morrê... — O riso alteou na folhagem de cima e a passarada ganhou mato numa zoada de voo.

— Ocês tomém? — Antão arregalou os olhos muito brancos. — Tomém? Facilita, pestada! — Reclamou numa ameaça zangada cheia de gestos, de esgares.

E desceu a ribanceira em busca do pássaro morto.

9

Antão tinha por nome Antão porque havia nascido no dia do santo da devoção da falecida mãe Clotilde, mulher do Capitão Gil Tourinho.

Se mãe Clotilde não ficou mais sendo trem vivente na casa-grande foi porque (só por culpa de suas quizilas) pretinho Antão nascera daquele jeito diferente, dentro de sangue e de morte.

Não que a perversidade de mãe Clotilde já não fosse do conhecimento do povo daqueles mundos: um dia, no mergulho do ciúme que era o que mais tinha no coração da dona, ela mandou arrancar no ferro seco todos os dentes de uma negrinha guiné para oferecer de mimo ao marido, dentro de uma bandeja. Como o berreiro que a negra fazia não era coisa de ninguém suportar, mãe Clotilde mandou Zacaria Passarinho terminar o serviço (negrinha arrastada no pau do chicote, sangrando na boca, tangendo malamba) na dobrada da outra vertente que, por isso puro, ficou sendo conhecida por Escorrego dos Gritos.

10

— Tu tava muito do satisfeito, tava não? Apois? — Dente só, o moleque bongou uma lasca de pau à feição, espenicou o peito ainda quente do sabiá-piranga, apolegou aqui e ali com cuidado e sabedoria de quem está caçando gordura em ave, abriu uma fenda nas carnes e retirou o coração do bicho.

Logo, trincou a coisa com muito gosto.

Depois, meteu as asas dos dois púcaros d'água nas pontas da vara de malva, atravessou tudo nas costas no jeito de balança equilibrada e lá se foi mastigando o petisco, em direção aos eitos novos.

11

Mãe de Antão foi Rita, cativa guiné.

Rita era a peça mais asseada de corpo e limpa de fressuras de todas as compradas por Gil Tourinho, no primeiro lote do desmancho do Engenho de Santa Rita, no sopé da serra que subia para Uná.

Nome cristão da negra veio daquele engenho finado, sem mais de senhor do que nhô Minino, pobre velho descasado aluado e mouco.

Nhô Minino, coitado, morreu-lhe a mulher, um braço enfezou, rendeu-se-lhe a tripa dum esforço que fez. Nhô Minino, coitado, passou suas terras, vendeu criação, mais casa, mais gado, mais negros, mais tudo.

— Nhô Minino — Rita disse um dia, tomada de dó, a Pedro Aroroba. — E foi assim que nhô Minino ficou sem mais de valia do que laguidibá de binga... — caco de chifre sem mais prestativo, era o que Rita queria dizer em sua língua quimbunda.

12

Quando Rita atravessou a porteira da situação do Capitão-Ajudante de Infantaria, já trazia barriga de cinco meses inteirados, senão de mais.

Barriga de menino Antão. Isso doze para treze anos antes do começo desta história.

Foi atravessando a porteira no meio do lote das peças compradas e foi topando de testa quizila braba no olho de sua nova dona, mãe Clotilde, fuzilando enredo de cima do alpendre.

Sinhá largou de relampejo, sem esperar descanso de corpo ganguê pelas lonjuras da caminhada:

— Chega, negra, e vá sabendo logo que, nesta casa, negra não anda se rindo de dente de fora! Vá ficando ciente que tempo de nhô Minino já se acabou e vá me dizendo seu nome e seus sabe-fazeres!

Rita se assustou nos olhos redondos como olho de cobra enforcada no toco da corda. Cantou de voz clara, pinchando mocidade nos insultos:

— Meu nome é Gongoba... — espantou-se por ter lhe saído o nome dos longes. Seria coisa de Zumbi? Arrepiou-se na carnadura fresca sacudindo mais mocidades e prosseguiu: — É... era Gongoba! Mas porém nhô Minino me deu esse nome de Rita mod'eu, minha Iaiá...

Mãe Clotilde meteu reparo de raiva no arrepio da negra sacudida:

— Já se viu negra se fazer de bonita? Cachorra desaforada! Ainda por cima esse deboche de enjeitar nome cristão! Tu tá debicando do santo batismo que recebeu, peça ruim? E sabe o que mais? Baixa esses olhos quando falar com a gente,

tá ouvindo? Tu quer conhecer o tronco antes da senzala, quer?
— *O gesto chamou:* — *Vem cá! Agacha aqui!*

O tapa que estalou na cara de Rita foi mais de vingança enfurnada do que de vontade de fora: a dona sabia que o Capitão-Ajudante, topando os macios daquela carne preta, logo havia de se enrolar com a peça nova. Mãe Clotilde gostou de ouvir, de sentir aquele estado, do desequilíbrio da negra aos seus pés. Desse mais vinte tapas se quisesse e teria mais vinte, trinta estalos gostosos... quarenta... Se quisesse, podia bater no pau do nariz pra ver sangrar... Era só querer... Mãe Clotilde tomou mais alento de força — a bata de Rita voou, estilhaçada pelas mãos cada vez mais sopradas pela perversidade.

Aí, mãe Clotilde percebeu a barriga da cativa. A barriga cresceu-lhe os olhos. Cresceu nos impossíveis sentimentos repentinos, na vontade sem freio de castigar mais. Meteu reparo de gula na barriga redonda, na pele esticada. Desejo que deu foi de morder a barriga da outra! Não aguentou:

— *Passarinho!* — *chamou o feitor dos estrupícios derrotados, e deu suas ordens.* — *Trinta relhadas pra acalmar desaforo de negra atrevida!* — *A voz saiu aflautada de gozo puro.* — *Dê de jeito que a bicha está cheia e não me vá perder a cria...*

Foi na pressa que a dona se largou para junto do tronco. Chegou nos baixos do alpendre onde estava o poste antes do feitor trazer Rita. Durante o açoite, mãe Clotilde não pôde tirar os olhos secos e ardendo do ventre roliço indo e vindo nos escuros da carne, conforme as pancadas caídas nas ancas da negra cativa.

Rita, mãos amarradas, se defendia guarnecendo a barriga com os cotovelos.

Terminada a surra, mãe Clotilde teve desejos de mandar bater mais, e se não mandou, foi tangida pela vergonha de amostrar mais ao povo da fazenda os seus avessos perversos.

De qualquer maneira, cabeça queimando pensamento maluco, subiu os degraus de pedra, arrepanhando os folhos da saia de pano reinol de sete vinténs a vara, numa pressa de fugida:

— Diabo de raça! Preta é que nem bicho do mato... nem tem precisão de se deitar pra apanhar filho! — excomungou num horror de raiva. — Branca é que padece nessa terra da miséria! Não vê Gil? O satanás enche tudo o que é negra que encontra no caminho... só dentro de casa é que não dá ponto... Será que branca...

Nisso, mãe Clotilde deu de olho em Raimundo Peixe da Dona, cativo de corpo novo, de surro chamando pra pecado. O cativo estava luzindo seus pretos na cabeceira do terreiro entretido, entretido, ajeitando umas forquilhas de canga.

Mãe Clotilde demorou, passo parado, medindo, nos desejos, as formas roliças da peça ioruba. Quando menino, Peixe da Dona não tinha custado, na quebra da Baixa Funda, nem as quatro chetas do ditado. Hoje, negro forte está ali! Gil Tourinho não dava o bicho por sessenta mil réis!

Com Peixe da Dona azedando na mira do olho, mãe Clotilde se largou no seguimento das ideias que trazia de baixo, do tronco onde Rita se acabava: — Será que eu, juntando com um preto desses...

Foi terminar a pergunta e se benzer num riso dos imos.

13

No dia 16 de setembro de 1659, dia de São Cipriano, uma cativa da roça pariu sua negrinha, justo no repiquete do sol.

Pelo costume, a negrinha teve por nome Cipriana.

Foi nesse dia que mãe Clotilde, sentada em frente ao espelhão do seu psiché *francês*, descobriu um fio de cabelo branco prateando na banda da cabeça.

Caçou mais e, se bem caçou, mais achou. Logo, topou outros dois nos cheios do coque. Depois encontrou mais um, em cima, já querendo branquiar também. Depois outro...

Angana Clotilde deixou cair os braços numa desolação. Parecia que estava dizendo: — Estou é ficando velha! Então, lembrou-se do marido, sempre metido com as negras novas, embora já na derradeira vereda das idades.

O desânimo rebateu feio na ideia do filho que jamais viera! Nem daquela vez, ainda no Recife, quando um engano só fez crescer maldade de esperança.

Nisso, mucama Felicidade entrou num alvoroço, partindo a quietação da alcova, com a notícia:

— Iaiá... Iaiá, cativa Maria da Neve despejou uma negrinha nest'ante!

Presença do cabelo branco se meteu no silêncio estilhaçado apagando velhas lembranças para acordar porvires: — Filho? Mais nunca na vida! — Como coisa sem dono, as mãos muito magras apalparam o ventre estéril numa tristeza de boi no lascado da seca.

Felicidade prosseguia na ânsia primária de detalhar a novidade:

— Quem contou, Iaiá, foi Rita... Rita...

— Rita? — Mãe Clotilde indagou, mãos na barriga, morbidamente, como se procurasse identificar uma pessoa indeterminada nesse mundo de Deus. — Rita... Sim, Rita!

Súbito, a voz cresceu de rojão:

— Que estava fazendo no rancho de Da Neve aquela negra descarada? Por que não estava no roçado de milho, hora de trabalho? Chame Passarinho. Felicidade, chame Passarinho *que é pra surrar esse diabo... surrar até dar bicho... — A ordem saía num atropelo de náufrago — até aprender a ter vergonha naquelas fuças! — As mãos voltaram para o abandonado ninho do ventre.*

Se uma coisa dava pena de ver em mãe Clotilde eram aquelas mãos órfãs...

14

Com os primeiros gritos de Rita no tronco, mãe Clotilde se levantou. Se levantou mas cambaleou, cabeça tonta, como se tivesse bebido vinho demais.

Vagamente, vagamente, lembrou-se do pai, quarenta anos de embriaguez antes de morrer numa enrilhação que teve em cima de um cavalo, muito pra lá de Serinhaém.

A saliva engrossou na boca e principiou a escorrer pelos cantos sem que a dona tivesse força de segurar.

Uma dormência dolorida começou na nuca, subiu por trás da cabeça e repicou num crescendo por todo o couro do cabelo. O arrepio de aflição foi áspero até estourar por cima dos olhos avermelhados de repente.

Aquilo já não era a primeira vez que dava! Clotilde ficou apreensiva: no espelho enorme, entre seus arrebiques também vindos da França, começou a distinguir seu corpo num recortado de serrilha como se estivesse balançando no fundo de uma água soprada de leve. Firmando o olhar com esforço, percebeu os halos se abrindo na distância e a figura clareando, primeiro no branco das rendas, depois no castanho dos cabelos.

Por fim, o serrilhado desagradável foi-se diluindo de todo e o rosto apareceu numa nitidez rude. Então, refletida no cristal muito polido, a mulher deparou com sua própria boca terrivelmente torta pela aura.

Quando Felicidade acudiu ao grito estourado, foi para amparar a ama caída junto ao móvel bonito, em estertores e convulsões: — filho... barriga... o meu cabelo branco... preto... Rita... — Os dentes trincavam palavras que a mucama não podia entender: — Preto... Rita preta...

Rita preta! Por causa disso é que Rita preta não largou o tronco o dia inteiro, esquecida na argola amarrada...

15

Daí por diante, dois, três meses se passaram sem que Rita acertasse mão com os caprichos da ama. Parecia coisa feita! Mesmo corumba Licênia, inquirida por Aroroba, não atinou em dar forma de coisa nas caridades sonhadas.

Quanto mais crescia a barriga da negra, mais a dona mandava açoitar a coitada. E tinha era muito gosto nisso: fazia questão de presenciar as surras desde o começo até bem no finzinho, quando Rita arriava no chão o corpo nu, melado de lenha, se abrindo em ferida, se acabando de tanto apanhar...

De propósito feito, a mulher do Capitão Gil Tourinho fingia não ouvir conversa de dó (Capitão, bem dizer, não era má pessoa. Capitão não maltratava seus negros...), mãe Clotilde fingia não ouvir o marido e prosseguia determinando a Rita os afazeres mais pesados da casa só para sobejar motivo de mais castigo.

Levantar peso graúdo, se abaixar por cima do ventre dilatado horas seguidas, era o que Rita tinha de fazer a cada passo.

Assim, a branca arranjava de Zacaria Passarinho meter Rita no tronco todo dia que Deus dava sem precisão de alardear perversidade.

Então, hora dessa, mais pesada que carga de sal em lombo de burro velho, a chibata-cinco-pontas do feitor não se fazia de moça donzela: chegava a gastar couro no corpo da negra.

— Tenha piedade de meu fío, angana Crotide... — Rita pedia e a ama, olho faminto no relho estalando, cantando no ar, dançando de jongo, no couro luzido da negra guiné... Olho da dona, guloso, estufando no ventre estufado de Mansa negrinho, de filho Zambi de negra malunga... — Tenha pena, Iaiá... mande só feito espaciá um pedacim, minha angana! Tenha pena de eu debaixo de coça... pena desse fío que tá pra nascê...

— Adiantava? — Pois, sim! Até parece que Passarinho, um cabo-verde nojento mais preto que mina, sempre sacudindo ameaças com seu umbigo-de-boi, tinha tomado gosto na brutalidade da ama: cada dia que passava, Zacaria Passarinho batia com mais força, açoitando no sorriso o couro bonito da negra malunga.

16

Pretinho Antão, dente só, chegou por fim com a água da tamina no cimo da última lombada, a que descia para os eitos novos. Foi chegando e foi vendo lá muito embaixo a negrada de labuta na primeira soca daquele chão bonito.

Casaco branco de Zacaria Passarinho (luxo só) fazia de bandeira no fundo verde grosso do canavial já derrubado.

Moleque, com um bambeado de corpo, assuntou na segurança da amarração dos púncaros para o rampiado da descida.

Que raiva tinha Antão daquele feitor tão negro como um cativo! Tinha aquela raiva de mando de Pedro Aroroba. Ouvia aquilo desde que nascera: — Fío, quem ainda vai comê aquele corno numa faca há de sê tu mermo. Tu, pruque tá inscrivido nas nuve do céu... — E, como se revelando um segredo sempre novo, Pedro Aroroba terminava acrescentando baixinho no desconforme silêncio da senzala: — Sô Passarim, esse mermo Passarim, foi o próprio que matô a nuve malunga, marcada pelo Reis de Aludá. A nuve foi a mãe de seu nascimento, Mansa-Ganga! Tu é o Mansa-Ganga de nós tudo e de mais muita raça de nação zulu e maçambica! Tu está me compreendendo?

Não! Moleque não estava compreendendo falação de Pedro Aroroba!

Lá longe, no repiquete da vista, uma areiazinha chotava miúdo, tangida pelo assopro maneiro do vento.

17

Embora Zacaria Passarinho, desde a morte de Rita, doze anos antes, nunca mais tivesse recebido ordem da casa-grande para meter ninguém no tronco, Antão só sabia é que tinha sido eleito por uma força diferente para matar o feitor.

Antão acreditava em Pedro como quem acredita na água zinindo nas pedras do chão. Ruim era ter de esperar por uma hora vaga, hora separada no tempo, hora de furar os peitos do homem que, lá no distanciado dos dias mortos, matara uma nuvem do céu... Naturalmente a nuvem seria tão importante que o feitor devia de ser sangrado, sem derivativo, só por causa disso...

Mas o tempo estava passando e nada de chegar a hora escolhida para o esparramo! Antão não podia se conformar com a demora. Toda vez que calhava comer o coração de um sabiá-piranga caçado na estrada, se lembrava da promessa do amigo: — Tu é que vai enfiá faca no bucho dele... Deix'stá que eu lhe digo quando chegá tempo maduro... Tu assussega!

Que vontade Antão tinha de ver chegar o tempo maduro da promessa de Aroroba! Tempo maduro de abrir os dentros de um homem mesmo! Abrir dentros de verdade! Vontade de abrir e de morder... Vontade...

18

Tarde da noite, voltando de novo ao tempo em que moleque Antão ainda estava nasce-não-nasce — Zacaria Passarinho imprensou Rita na porta do paiol velho com conversa de imundície.

— Pode co'essa barriga não, siô!

Pois não é que o feitor, de tanto riscar o corpo da negra, já queria roçado de safadeza?

Quando Aroroba soube de tudo, só fez perguntar a ele mesmo: — Então esse cão ignora que a moça só tinha era de refugar? Fêmea bojuda carece de macho apenasmente pra dengue de respeito, conho! Pra descaramento, não!

Como na noite daquela conversa de despropósito a cativa estava fora da senzala, hora dormida, sem ordem de branco, mãe Clotilde acordou dia seguinte, cedinho, muito alegre de sua vida porque nem foi preciso nada para, de surpresa, topar Rita já no tronco, já nuinha, com sua barriga mais tensa do que puíta sapecada de fogo, já toda lanhada de rabo-de-tatu...

Daquela vez, o castigo foi por conta direta dos despeitos de Zacaria.

— Foi e foi bom! — Mãe Clotilde aprovou babatando o ventre estéril, mais seco do que ipê de caatinga.

19

A negra é que não tomava jeito! Noite seguinte, já estava pisando claro de lua empoçado no terreiro varrido.

Madrugada, quando a fazenda inteira dormia, é que ela gostava de espiar sossego na Estrela d'Alva boiando seus tamanhos num céu moído de luz.

Nessas horas perdidas, dentro do desassombro da vaidade, vento zunindo na tábua dos peitos empinados de orgulho, Rita mobica, Rita livre, livre, matutava com o filho, nos vão lá dela:

— Tu vai nascê dum abraço grande toda vida, minino! Tu vai nascê do abraço mais maió desse mundo! Dum abraço de um Dunga-Xaxá devera! Nascê dum abraço sadio, brotado do suspiro das ondas do mar... (Vento comendo bonito na tábua dos peitos empinados. Bata lavada drapeando nos brancos da lua. Pés passarinhando na areia limpinha...) Importa, fío, que tu tenha sido gerado de nóis preso de ferro. Gerado nos fundão

do barco lascado da mardade dos home... Importa não! Nascido de nóis ajuntado em cambada por branco perverso... Importa não! Vendido no mercado da praia... Tu é fío de Reis, minino! Importa tronco, chibata... Iaiá perversa nas ruindade! (Cabelo enrolado, assanhado no vento. Olho branqueado, estalado no céu. Barriga dançando no jongo da festa da indunga do amor...) Importa talho de couro na carne dorida... Importa bunda lanhada, não! Importa tudo, não! Tu há de nascê dum abraço de Reis, fío... dum abraço devera, conho! Tu tombém vai sê Prinspe na quebrada da vida... Reis! Reis desse povo cativo... Tu, meu fío, um dia há de libertá angola sofredô! (os peitos negros, mais cônicos e lustrosos com a proximidade do parto, balançavam mironga, pejados de seiva, na rigidez da mocidade...) Tu, fío, só tu é quem vai tanger o grande batá-cotô das vinganças largadas de sangue nos quilombos do Reis Zambi. Meu fío... do Reis Zambi, o avô do pai de vossuncê...

Rita ficou olhando o céu como se estivesse escutando, vindas do outro lado do mar sem fim, as batidas compassadas do tambor de guerra do filho — o sagrado batá-cotô cabinda — acordando os calados da selva, percutindo mistérios nos dias futuros, ecoando forte o adarrum da vida nas quebradas longínquas da serra Barriga.

20

*E*strela d'Alva piscou de adeus por cima do outeiro de São Roque da Encruzilhada, muito além de São Raimundinho dos Longes... Na quebrada da serra, um boi de carro fixou a estrela demoradamente, baba correndo, indiferente ao vento *zunindo, à noite passando, à intransigência humana das coisas... Era janeiro de 1660.*

Cá debaixo, Rita também olhou para a estrela bonita.

Pensou no seu homem vendido e sumido por detrás daqueles morros...

Onde estaria ele agora? — Imaginou, saudosa. — Pensando em quê? Já teria fugido para os Palmares, conforme lhe prometera no último momento que passaram juntos no entreposto de escravos? — Tomara!... — E Rita entrou na senzala. Caçou Pedro Aroroba encolhido num canto. Barracão abafava no budum acre de muito surro:

— ... é que, Sum Pedro, chegou na hora de lhe dizê dos meu segredo!

O negro levantou-se enorme. Abriu os olhos devagar. Suspeitava de que vento dos Palmares soprava na voz da cativa, sacudiu Aroroba para fora da senzala:

— E tu traz recado do Zambi? Traz segredo de muita pressa? — Não largou o braço de Rita.

No sereno, respirou satisfeito como se quisesse lavar o peito daquele cheiro dormido do barracão imundo.

Os dois procuraram abrigo debaixo de um pé de jatobá frondoso (mais frondoso ainda no fusco da madrugada novinha), e o homem perguntou duro:

— Apois, Rita?

A escrava começou a brincar fazendo e desmanchando com a banda do pé um montinho de terra fina. Com a pergunta, correu mão de carinho pelo peito do companheiro: pendendo-lhe do pescoço, Rita topou o fetiche da raça quimbunda. Agarrou o assíqui sagrado.

Falou de mansinho:

— Tenho é medo de morrê uma hora dessa, Pedro... Posso cufar não, Pedro! Tenho, Ê-Bilaí, é muito do...

Ê-Bilaí... Pedro largou de escutar. Ê-Bilaí... Esse era o nome munhambana de Pedro! Munhambana, terra das montanhas e aguadas perdidas pros sempres... Pensamento de Pedro variou de uma vez: — Munhambana...

Terra perdida e pequenina, só acordada nas toadas de lua doce brilhando nos lagos serenos quando a música noturna dos berimbaus chama os guerreiros para o batuque da seita; quando os batás de mutanta preta e lustrosa nos usos despertam lembranças, espantando os bichos despencados em estouro, como a fugir do banzo, no escuro da mata... Munhambana... Munhambana, terra guerreira de escudos alegres feitos do couro do N'Farsa bravio... Terra perdida e pequenina dos homens indomáveis que sabem usar suas azagaias mortíferas e seus fimbos de pontas aguçadas na pedra-do-raio, em guerras bem cruas. — Ê-Bilaí! — Pedro repetiu agradecido àquele nome que cantava como um eco na boca de Rita; eco chamado do fundo dos tempos na voz de Lucatam, de Dadá... de Edum... De todos os velhos macambas perdidos para sempre... Todos irmãos na paz, todos companheiros e amigos de caça, aliados de guerra... — Ê-Bilaí... Muene, Ê-Bilaí...

Rita calou no que estava dizendo, espantada com o jeito aluado do companheiro.

Pedro ficou olhando o pé descalço brincando na terra fria do balcedo, numa recordação doída dos escudos pretos e brancos de seus guerreiros valentes, escudos de couro de rinoceronte — o bravo N'Farsa — matado na lança pura. Ê-Bilaí fora caçador de N'Farsas!

Pedro ficou olhando o pé de Rita, ideia distante, nos socavãos das matas de Munhambana, florestas só dele conhecidas nas mirongas, nos seus caminhos-segredos, onde as marimbas e rucumbos só vibravam para os quindins vividos nas águas espelhadas dos rios onde os jalodês de enormes catanas cochilavam fomes ou farturas, quindins vividos *durante as noites mais escuras da lendária terra de Zambi; florestas de árvores gigantes onde o ritual dos orixás ferviam beleza lavada; matas onde o lumba atrevido urrava suas fomes de juba eriçada, vontade de sangue na boca vermelha...*

— Lumba — o leão — só era grande e feroz pra valer valentia de verdade, nas selvas de Munhambana, a terra perdida pros sempres na coragem de chorar... Matar lumba não era conversa pra menino... Ê-Bilaí fora matador de lumba...

O negro sentiu zonzeira tomando conta do coração. Pensou no banzo e arrepiou-se apavorado. Catou o breve do pescoço no açodamento da reação. O breve estava na mão de Rita. Pedro puxou-o pelo cordão, beijou-o cheio de fervor e humildade e se riu da vitória! A gargalhada saiu de rebolado faiscando o esmalte dos dentes no escuro de fora.

Disse foi por dizer; pra emendar conversa principiada:

— Arreceio de quê, Rita?

As mãos voltaram a se cruzar com força no gris-gris sujo pendente do pescoço do negro. Rita demorou uma coisinha para se achar de novo:

— Arreceio de... sei não, Pedro! Morrê... Posso cufar agora não! Preciso vivê, Pedro. Me ajude! É que, nessa barriga, trago é um fío de Ganga-Zona, o zirimão cabaça do Reis de Aludá!

A revelação veio de manso sem escândalo. Era como fala quente de amor.

Pedro é que, refugando no couro, se afastou assustado como se estivesse vendo no chão o rastro de luz de Olorum. Parecia que estava escutando a malunga real dos Gangas sacudindo ruído nas miçangas de pau-ferro presas aos tornozelos subitamente sagrados de Rita. Sabia que Ganga-Zona e o irmão cabaça, Soba de Aludá, eram filhos de Ampungu, Príncipe solitário da coragem estourada que morreu moço e livre no chão de Angola. Ampungu fôra um filho escoteiro que Zambi havia deixado muana no reino de seus guerreiros...

Assim, Ganga-Zona, o homem de Rita, era neto do velho Rei dos Palmares.

Rita largou a mão do negro e se riu:

— Foi o quê, Pedro? Foi o quê que deu n'ocê? Desde já hoje tu tá com cara de quem viu difunto?

Aroroba não respondeu. Refugando na solenidade, afastou-se mais e desceu devagar um joelho na umidade da terra sombreada pelos galhos grossos do jatobá.

Enquanto a negra ria divertida da seriedade daquela cerimônia, Pedro levantou os braços para o céu da noite, mãos fortemente espalmadas para cima e exclamou sua saudação num lento ritual:

— ... Dunga tará, sinherê! Dunga tará! — A voz era de profunda submissão e obediência. — No nome do grande Reis Zambi, o que será avisado nos miles raios de sole, todo home, muié e quiriança das nação perdida nos longe do má, será guerrêro de Ganga-Zumba, aquele qui vai nascê di ventre di fía Gongoba, pra um dia reiná na nação dos sangue zimbezembe dos reino Parmá!

Pela primeira vez, era pronunciado o nome de Ganga-Zumba, o futuro Rei Zumbi dos quilombos da serra Barriga!

Em cima, uma estrela rofa estava entra-não-entra dentro da lua ainda gorda.

21

Rita não podia ser mais açoitada do jeito que contou ao negro. Do jeito que todo mundo via!

— Tu tem sustança pra ganhá a serra? — Pedro perguntou trêmulo de aflição depois de ouvir tanto do despropósito.

— *Posso não!* — *Foi a resposta muito doce.* — *Criança nasce mais hoje mais aminhã... Posso viajar não...* — *A mão voltou ao peito de Aroroba semeando ternura.* — *Posso não!*

— *Sendo assim...*

Dali mesmo do sombreado do jatobá gigante, Pedro Aroroba saiu para um todo de providências. Primeiro, foi ter com Terêncio, sol dormindo ainda, num mocambo meio escondido, além do Escorrego dos Gritos.

Logo mendigo Terêncio se largou no caminho dos Palmares, levando na boca o espanto que rebateu, depois, nos quilombos da serra valente.

— Quem havia de descobrir em Terêncio, hoje negro pôstofora, a antiga peça de luxo da fazenda de São Roque?

Pois Terêncio era aquele camumbembe mesmo que estava escondido por debaixo daquele quibungo mulambento, cara comida de cucumbis em crista feia — as medalhas de mais valor, abertas de propósito para disfarçar espião palmarino (deles que até furavam um olho propositadamente para melhor disfarce...).

Pois Terêncio era aquele negro dos nojos, feito quilombola, fugido na última quaresma, depois de rasgar de fora a fora o bucho do segundo feitor da São Roque, sôr Miguel Dias Quintas.

Serviço de Terêncio, agora, era serviço parelho com o de todos os outros espias de consideração nas cicatrizes rostras: Belmiro, Lobão, Evaristo, Diogo (Diogo, não! Diogo já estava debaixo da terra, tangido por seu atrevimento), Minguinho... Ladislau... E Cornélio Gangorra? E Inácio?...

No jeito de quem tira esmola pra comer, serviço era levar e trazer novidades, espalhar ordens, recados, informes, tudo, tudo, entre Zambi, o Rei mongata dos homens bantos, e seus prepostos nas vilas, seus espias nos povoados, seus aliados nas fazendas espalhadas por toda aquela banda da Capitania.

Povo dizia assombrado e com muita razão que até no comércio da vila de Olinda, até nas fábricas de açúcar de Itamaracá ou nos moinhos do Rio Grande havia negro afoito de combinação e jura com Palmares!

Mas o segredo levado ao régulo negro, pela boca de Terêncio, agora, era nova diferente: uma cativa por nome Gongoba, peça possuída da fazenda do Capitão Gil Tourinho, andava prenhe de um filho do Príncipe Ganga-Zona, neto de Zambi, chegando de poucos meses, oito ou nove, das terras do Congo.

Como o Príncipe e Rita tinham sido malungos do mesmo barco que os trouxera da África, o Soba aproveitou a manzanza da carne presa nos libambos de ferro, sem nada pra fazer dentro daquele porão danado de quente, engambelou a negra novinha nos seus cheiros de fêmea, capiangou seu gongolô e, ali mesmo no balanço das águas e no vazio das horas, moleque Antão foi gerado.

Desembarcados no areão sopeado do sol da terra nova, dois dias comendo bobó de inhame e anguzô de fubá e mato língua-de-vaca no entreposto de Olinda, cada qual foi direto nos seus rumos, de venda feita em leilão de domingo: ela partiu pro engenho de Santa Rita, onde tomou esse nome de Rita; Ganga-Zona, o Príncipe, batizado com o nome cristão de Antioco Macabeu pelo seu comprador amante da Bíblia, foi de serra acima até esbarrar na vila de Uná de onde fugiu pros quilombos dos Palmares, com meio ano de cativeiro pesado...

Daí, Rita nunca mais ter tido notícia do seu homem. Mesmo porque com a derrota do moinho e com a solidão de nhô Minino, do braço enfezado, descasado e mouco, a negra foi revendida ao Capitão e mudou de pouso pra miles de braças ainda mais arretiradas, na flecha, do outeiro Barriga.

22

Por isso, recado de Pedro Aroroba foi encontrar o Ganga-Zona (de novo com seu nome e seus distintivos reais: a adaga colorida, a manilha de miçanga azul e o gris-gris dependurado no peito) dentro de Palmares, esgaravatando um pé estrepado de espinho seco de mandacaru.

Já agora, antes de falar no nascimento de pretinho Antão dentro daquele desperdício de sangue e maldade, carece contar por inteiro toda a história de Zambi, de seu bravo e puro filho escoteiro — Ampungu — e de seu neto Ganga-Zona ali presente, história que teve os seus começos quando o velho Rei palmarino estava ainda nos longes de Angola, comendo posse de sua nação dos desassombros.

23

Muitos e muitos anos antes, fervendo verdura nas idades, Zambi resolveu comandar seu terço de negros valentes contra as hostes banguelas, dentro de um baticum já velho que não havia maneira de desatar nem para um lado nem para o outro.

— Açodamento não dá ponto que preste. — Essa verdade foi o que estorvou tudo! Naquele tempo, bravo Ampungu não era ainda nem muana de peito...

Foi bem assim por dentro daquela verdade então desconhecida que Zambi atravessou quatro dias de mata fechada, junto com seus noventa guerreiros, para investir com tanta gana contra a aringa dos inimigos banguelas.

A briga findou de relâmpago com Zambi prisioneiro sem ao menos ficar sabendo como tinha se dado a derrota. Nem sangue correu que prestasse fazer conta.

Quem cata provires, só tem é de achar provires mesmo! O provir caçado foi que os banguelas devoraram todos os guerreiros invasores só separando Zambi pela sua condição de Ganga.

Entre os bantos, mesmo entre as nações mais quizilentas, matar um Príncipe traz eté (praga violenta para toda a tribo. Nem tem orobó mastigado que dê jeito depois...). — Ora, o banguela era um povo fraco em número de gente, em arma e em vontade de brigar embora aquele baticum sem fim provocado e mantido pelos negros de Zambi. Os banguelas não podiam, também, matar o prisioneiro real por medo do eté. Devolver a liberdade a Zambi seria encompridar a questão. Manter o Soba preso, por outro lado, era extremamente caro e difícil (cada passagem de lua era necessário sacrificar na fogueira um guerreiro para Olorum conservar a saúde do importante encarcerado), além de constituir uma constante ameaça porque, mais dia menos dia, o resto de seus comandados havia de se reorganizar para um combate de vingança e libertação, o que seria fatal às pequenas forças do Rei N'Baru, soberano supremo dos banguelas vitoriosos mas aflitos.

Era essa a situação perigosa quando o endoque — feiticeiro do Rei — teve a ideia de vender a incômoda presa de guerra ao capitão de uma sumaca portuguesa o que, além de ter sido uma solução portadora de muita tranquilidade, trouxe aos vendedores alguns punhados de macuta — cobre angolense que, na época, valia coisa de trinta réis.

Na viagem, o desespero de Zambi levou-o, numa noite de banzo, a tentar o naufrágio do mercante, razão por que passou os últimos setenta dias a bordo bem agrilhoado a uma das cavernas de fundo da popa escura.

Aportando a Pernambuco, ainda no mercado de Olinda, Zambi teve conhecimento da beleza dos Palmares onde, muitos anos antes, guinés aliados haviam fundado uma república anárquica.

Do mercado, foi Zambi vendido a um comerciante da praia. Daí, para ganhar mundo atrás da serra Barriga, foi só o tempo de sarar as escaras feitas pelos ferros, no mar.

Chegando aos Palmares, nos verdes de 1632, com tudo o que pode carregar do amo deixado, Zambi foi tomando o poder supremo dos quilombolas, na força viva, num desesperado fanatismo pela liberdade.

Os negros que ofereceram alguma resistência às suas vontades sem termo Zambi baniu do outeiro, escravizou ou mandou executar, ao fio do machado; espalhou pelas cento e seis léguas em volta de seus novos domínios várias aldeias sempre erigidas nos pontos mais estratégicos para barulhos de guerra; decretou suas leis; regularizou suas festas, seus exércitos, suas incursões aos povoados vizinhos, saques às fazendas próximas e defesa do chão dentro de robustas e altas cercas de pau a pique, guarnecidas de cavas, andainas, torneiras, fojos, redentes e estrepes; fez suas oferendas aos seus tutus e aos orixás dos iorubas; mandou castrar vários uantuafunos gêges-nagôs para servirem no palácio real; tomou ialês, ocaias, mucamas e escravas escolhidas com dengue e, por fim, instalou-se em sua residência construída com ripas de pau derrubado em lua gorda e palha de babaçu muito catada de mingongo. Escolheu sua capital na aldeia de Quiloange, entre a de Pedro Pacassá e a dos Macacos, bem no bambê da perambeira mais alta do reino. Dali, o preto ativo já estava governando fazia bem vinte e oito anos seus dez mil negros. Por último, estava era abrindo caminhos de ligação escondida entre suas aldeias, por dentro da selva mais áspera.

Zambi fez, de fato, tudo isso e outras coisas ainda, mas Zambi começou a envelhecer sem se lambuzar na alegria de ver o riso de um filho seu.

24

Já Palmares tinia terror na Capitania, fora de guerra de sustância (apenas aquelas besteirinhas de defesa fácil que o Governador não mandava investir pra valer, senão até pra deixar no mato trens de muita serventia pra negro esperto aproveitar) já Palmares tinia terror, quando apareceu no palácio de Quiloange aquele neto perdido: Ganga-Zona!

Lundu comeu oito dias largados de festa e gritaria. Algazarra era ouvida de uma aldeia para outra. Os atabaques anunciavam a chegada de um sucessor para os cansaços do velho Rei...

Então, foi vez de Ganga-Zona contar como tinha crescido órfão do pai Ampungu, morto pelos catangas, em suas purezas de chefe-das-luas. Ganga-Zona contou no alumiado da noite como, em uma viagem de vingança, fora agarrado pelos sanguinários jagas, negros bundos de Angola, os mais ferozes comedores de gente da África. Então, Ganga-Zona contou tudo. Contou como havia visto aquela cambulhada de jagas nus, solta no mato, dedos dos pés arreganhados de tanto grimpar pelas mais altas árvores da floresta, aos urros; as fêmeas com os peitos alevantados e duros como coxas, todos matando leões com lanças e fimbos curtos, devorando o animal cru, pedaços de vísceras e pelo ainda pendentes dos bocados sangrentos; depois, exaltados pelo aluá malfermentado, excitados pelo fumo escuro da diamba forte não lavada; depois, aloucados na festa da carne, no catimbó sem fim do sexo, na muafa do libido solto; depois, derreados de fadiga e sono, atirados em bolo na cazumba, maculo correndo nos baixos, matacos melados, imundos... Ganga-Zona contou mais como só quem já viu uma cambada de negros jagas berrando desejos, ventas inflamadas pelas carreiras sem rumo, couro eriçado, pode imaginar a doidice desse povo sacudindo a mata!

No alumiado da noite, estrela muita farinhando no céu, Ganga-Zona contou ainda como os terríveis jagas, em lugar de devorá-lo, venderam-no inesperadamente à tripulação de um velho tumbeiro traficante, de porões bojudos, por 170 jimbos mal conferidos na ambição, dentro de um saco de pano.

Já na cubata real do avô, Ganga-Zona contou por fim como tinha sido companheiro de viagem de Rita.

— Gongoba foi minha malunga nus ferro sim, pai Zambi. Gongoba foi...

25

Essa história dos sobas de Angola cosidos na maranduba dos Palmares não foi contada só de luxo: a puçanga foi requerida para o desgaste de quem zampou muito estudo sobre aquela guerra africana desgarrada nas Alagoas.

26

Moleque Antão, suor alumiando nos longes, rompeu na virada do umbuzeiro da sombra gostosa. Vinha de lá já de volta dos eitos novos, trazendo os púcaros vazios.

Cipriana vinha de cá.

Cipriana, cativa manhosa já crescidinha, era aquela filha da negra Maria da Neve nascida no dia de São Cipriano.

— Oi, moleque!

Antão parou olhando.

— Sarve! — Peitinhos rompendo futuros, a negrinha se riu mais no rebolado do deboche.

— Dentro dessas quartinha tu leva melado? — A gargalhada humilhou Antão.

— Levo é mijo para tua mãe bebê, sua fía duma égua! Inscuita aqui — moleque Antão se zangou —, tu não me sarva cumo esse povo todo não, nega assanhada? Tu não se ajoêia tombém quando fala cum eu? Pru causo de quê tu não se ajoêia?

Cipriana alargou mais o riso numa amostração de dentes:

— Tu é santo? É? Tu é Nos'sinhô? Me diga, tu é Nos'sinhô?

— E tu é saci, pesta braba? — Antão abaixou para apanhar uma pedra.

— Ê, ê... t'esconjuro!

— Apois? Tu não é Ossonhê... — Sacudiu a pedra. Cipriana pulou de cabrito espantado de estouro e o calhauzinho passou para se perder na gândara. — Mas eu sô Reis devera. Reis toda a vida! Tu duvida? — Exasperado com o pouco caso da cativinha, Antão ameaçou: — Tu qué qui eu lhe sente a mão?

Cipriana virou-lhe as costas, abaixou-se e apontou para o traseiro:

— Senta! Tu é besta, cafunje! — E foi-se revirando até encostar a cara nas ventas do moleque. — Tu lá senta mão em ninguém! Já se viu moleque Reis? Nem que sêsse de congada! Hum, hum... — O olho da pretinha brilhava divertido com a zanga do muquá.

— Tu não cradita, num é? Pois quando eu fô prus Palmares, levo tu mais eu! — Afirmou na segurança de chefe.

— Pra quê, home? Só si fô pra drumi mais tu! — O estalo do tapa precedeu a guinada rápida do corpo. — E vai tirando essa mão de meus peito!

— Levo pra tu ter colar de conta, Cipriana. — Antão soprou os dedos açoitados pela negrinha. — Pra ter malunga de ocaia nus trunuzêlo... Pra tudo, ué! Pra tu sê a ialê de eu Reis!

Antão foi novamente tomando chegada para junto da companheira agora muito séria, ouvindo conversa. Prosseguiu:

— Pruquê eu gosto de tu, saci!

Cipriana empurrou o moleque:

— Arrespeite mucama da casa-grande, sô! Tenha vergonha! Quando tu fô Reis tanto assim — com o polegar, mediu um tiquinho de uma falangeta —, aí, sim! Tu flecha e desbunda a seu puro gosto. Mas enquanto tu fô cafunje que nem eu...

De repente, desinteressado do que Cipriana estava dizendo, pretinho Antão se lembrou de fazer um convite muito importante:

— Cipriana, tu... quando chegá tempo maduro anunciado por Pedro Aroroba, tu qué comê coração de feitô Zacaria mais eu?

A cativa franziu a cara com nojo. Depois, arreliou:

— Como-lo e bebo-lo tocando bambula, nuinha, dançando maracatu... Como-lo e bebo-lo com jaca-do-brejo só pra drumi no mato mais tu! — Deu duas umbigadas no ar e se despencou pela ladeira, fugindo do moleque: — Me larga!

Xaponã que te cubra a cara de mal de bicho, Reis de zabumba... Reis de farófia... Reis de...

Num desespero de carreira, os dois se perderam na berma da estrada, até sumirem de vez, dentro de uma alcorca mais funda.

27

Antão pretinho nascera daquele jeito diferente, dentro de sangue e morte, foi no dia que veio depois da noite em que se deu a conversa de Pedro Aroroba com espia Terêncio, no mocambo meio escondido, abaixo uma coisinha do Escorrego dos Gritos.

Foi clarear o dia e mãe Clotilde mandar chamar pela negra Rita. Tudo começou por causa de um munguzá azedado na véspera.

As duas se meteram pela casa adentro já de arenga bem trepada.

Rita andava com Elegbá no couro e não se assombrava com zanga de ama. Sabia que tronco estava ali nos baixos do alpendre pr'aquilo mesmo... Estava cansada de saber que chibata de Zacaria Passarinho não tinha hora pra lhe comer no lombo. Que ela se portasse direitinho ou não, era tudo uma coisa só: libambo e argola, os panos por terra, sarambeque de pau zurzindo arrelia...

Língua batendo nas ofensas à negra, mãe Clotilde principiou a desmanchar um tijolo de rapadura dentro de um tacho, enjoada das vontades.

Zumbo foi crescendo sem que distância apagasse.

Mais pra lá, ninguém ficou sabendo o que aconteceu. Isso porque na cozinha só estavam elas duas.

O certo é que, quando o povo correu de socorro já foi com a gritaria: mãe Clotilde saiu fora, queimada de melado fervendo no gordo de um braço e Rita, lanhada fundo numa orelha de uma acha de lenha de quina viva.

Feitor Passarinho foi chamado de urgência no corte da mata e o tronco recebeu o corpo de Rita, orelha pingando já debaixo de peia pesada para uma colação de esmero: dez pontas e duzentos quente-em-baixo bem tirados no couro de bezerro de tira fina que era para doer mais! — Foi a recomendação da ama enquanto pensava sua queimadura untando azeite de peixe com uma pena asseada.

— ... e não tem precisão de me esperar, Zacaria. Vá batendo e se terminar antes, vá dobrando, vá repetindo, vá errando na conta que essa cachorra me paga, hoje, por todas as que já me tem feito! Isso, ainda que eu perca a peça! — Crescendo a zoada que ela mesmo fazia, crescia-lhe a raiva também. — Avia, Passarinho! Que vosmecê está esperando?

Mãe Clotilde ficou arrenegando durante todo o tempo em que a mucama enrolava-lhe o braço numa folha de bananeira por via do fresco.

Estava arrenegando ainda, quando o feitor regressou assombrado e, da porta, pediu sua licença:

— ... é que a negra não está se aguentando mais, dona! A Rita dormiu de todo... o sangue é demais! E eu ainda nem lhe meti as pontas...

— Zacaria — perguntou a ama entre gemidos tirados fundo e à força para justificar sua ira guardada de antigo contra a maternidade da outra —, e vosmecê nunca viu sangue de açoite? Deixa sangrar, meta as pontas quentes e dobre no umbigo de boi até perder a conta. Dê até cansar que é por

minha ordem... — Mãe Clotilde recomeçou a chorar com uma pena enorme de seu braço queimado. — *Mate... mate aquele diabo! Juro que hoje eu mato aquela peste!*

— *A negra morre mesmo, dona!* — Feitor temia por suas responsabilidades no prejuízo da fazenda. — *É que o dito sangue não é do castigo... não senhora! Vem dos baixos lá dela!*

Zacaria tinha um sotaque ilhéu. — *Se calhar, o sangue é dos baixos... sim, senhora. Se bato mais, a negra morre.*

— *Se morrer é minha, já disse! Vai... vai que eu já vou ver isso...*

Zacaria ainda ouviu a recomendação final, berrada nas suas costas:

— *E meta-lhe as pontas! Ai, Jesus! Ai, meu braço... Ai, rapariga!*

Sacudindo raminhos de arruda e alecrim molhados em água-benta pelo Padre Cunha, hóspede permanente da fazenda, Felicidade responsava seus breves contra queimaduras:

— *Santa Sofia, tinha três fía, uma fiava, outra coisa, outra foi ao monte, o fogo ardia, soprava e cuspia, com água da fonte, três vezes no dia, Padre Nosso, Ave-Maria, ramo verde e água fria!*

Zacaria Passarinho desceu resmungando sem muita convicção:

— *Afinal, a peça é dela... eu é que nada tenho a perder...* — Mas quando chegou de volta ao tronco, recuou espantado: a negra vergada, joelhos dobrados, estava segura na argola de ferro só pelos elos da corrente acochada. Os olhos abertos pareciam grandes contas de vidro e os buracos do nariz, no desespero da sufocação, paravam abertos como se diligenciassem beber todo o ar desse mundo.

Embaixo, aquela sangueira minhocando de lesma fazia nata grossa no batido da terra.

Mais sangue fugia ainda, mas já sem força de esguicho, do corpo preso de onde nem os gritos podiam fugir mais...

Na cadência feia da desgraça, Zacaria olhou aquela criança melada, se mexendo nos molhados vermelhos do barro.

Zacaria olhou mais, olhou muito, se assanhou no cheiro acre de bingundo que andava solto no vento e fugiu apavorado...

28

Notícia varou distância muito na frente do feitor e foi catucar nos ouvidos da negrada de em volta:

— *Ganga-Zumba nasceu! Nasceu rente, no tronco...*

— *Gongoba morreu! Cufou de apanhar...*

— *Foi branco malvado... Feitor de Elegbá!*

— *Muzungo matou! Candango da peste!*

— *Ganga-Zumba nasceu!*

O vento soprava nas folhas das árvores mais velhas da mata:

— *Ganga-Zumba nasceu! No tronco, nasceu!*

E os carros de boi que labutavam dia inteirinho na derrubada, cantavam no choro das rodas inteiriças de dura braúna, de rija sucupira os eixos roliços:

— *Gongoba era boa, Gongoba cufou!* — Cantava o cocão.

— *Cufou de apanhar, Gongoba era boa!* — Nas chedas, cantava.

29

Escurecia quando Gil Tourinho, avisado, desceu como coisa que preferia não descer. —Já não bastava o dano da negra perdida? — Quarenta mil réis, isso, pelo barato!

— Como é que vosmecê, senhora dona Clotilde — o Capitão repreendeu a mulher —, me deixa morrer uma negra, em pecado mortal, sem os sagrados sacramentos? Sem os óleos... sem os santos óleos... Parece mentira! Nem se acredita! Logo, com o reverendo dentro de casa! É assim... é bem assim que Nosso Senhor perde suas almas e nós... e nós... a nossa fazenda!

O corpo da negra estava lá mesmo, mais sungado agora pelo acocho da corrente. Também os joelhos inchavam mais vergados pelo peso da morte.

Com a permanência na posição parada, a pele do pescoço e dos peitos, endurecida e roxa, estava repuxada em rugas feias.

No adiantado da tarde, porém, o Capitão não podia distinguir com muita precisão o bolo da cara onde só os olhos ainda úmidos, estourados para fora, contavam do esforço final. Os olhos, na luz fria de dentro, pareciam de cabrito garrotado de corda.

Nas ancas lisas de Rita — Capitão não pode deixar de reparar com tristeza no estrago da peça nova — os riscos claros deixados pela chibata recente se cruzavam num acamado de linhas retas, as mais vermelhas por cima das mais antigas e as mais antigas por riba de mais cicatrizes de outras surras passadas.

Gil Tourinho se benzeu porque, afinal, a regra era criatura lavada nas águas do batismo. Depois viu o recém nascido nas mãos de mucama Felicidade mas logo se afastou danado, ou porque lhe voltara às ideias o prejuízo ou porque, procu-

rando avaliar o molequinho, fez foi enterrar o calçado fino na lama do sangue morto:

— Tirem essa negra daqui! Tirem isso depressa... — Abaixou a cabeça para guardar-se de uma ripa mais baixa atravessada no teto do porão, sob o painel do alpendre onde Padre Cunha, interrompendo suas vésperas pelo ocorrido, explicava à mãe Clotilde:

— ... se até Nosso Senhor manda, como obra de muita caridade, castigar os que erram? Aonde e por que seus escrúpulos, minha filha? Se aconteceu... se a negra morreu, foi que Deus assim quis e há de lhe falar à alma. Veja, senhora, que nem uma folha cai duma árvore sem que se cumpra a sacrossanta vontade do Senhor. Nem uma simples folha! — Mas, tomando o desinteresse de mãe Clotilde por incredulidade, reforçou o discurso: — Está nas Escrituras... pois está!

A mulher estava era seriamente apreensiva pela necessidade de remover Rita antes da chegada dos negros dos eitos. Era preciso evitar o canjerê que havia de ser tremendo, lúgubre...

Padre Cunha mordeu um dedo:

— O diabo é que a negra morreu sem a Extrema-Unção! O diabo! Isso é que foi o diabo! Afinal, o culpado foi esse tonto de Passarinho. Um palerma! Direi mesmo ao senhor bispo que o culpado foi o maroto!

Clotilde prosseguia preocupada em suprimir o fúnebre canjerê africano; Padre Cunha continuava falando, apenas interessado em escudar-se da ira do senhor bispo que tanto recomendava atirar uma encomendação aos escravos em via de morrer, principalmente quando por excesso de caridade no castigo imposto. Padre Cunha sacudiu no ar, cheio de ênfase, o dedo que estava mordendo:

— Remorsos, senhora, não se há de ter por muito zelo para com os que de nós dependem, senão por carência de amor.

Para a salvação das almas, mais aproveita o castigo em sendo de mais do que de menos. Sempre temos a responsabilidade, senhora dona Clotilde. — E despediu-se. — Vou até lá embaixo jogar uma pouca d'água benta naquela pobre pecadora... Pelo menos salve-se isso!

Comprimindo a esterilidade dos peitos magros na balaustrada da varanda em vagas volúpias, mãe Clotilde ficou ruminando seu De Profundis para que o Senhor, em sua infinita misericórdia, perdoasse àquela alma infeliz, tão carregada de faltas...

Enquanto rezava, a mulher do Capitão esquecia os olhos na crista da serraria distante onde os últimos claros do dia se dilaceravam rapidamente.

Na escada de pedra, o reverendo cruzou com Gil Tourinho. Deu o lado direito ao dono da casa numa subserviência covarde e costumeira. O Capitão ainda vinha ralhando de baixo. Não percebeu o rapapé:

— Enfim... enfim, limpem tudo! — Assoou o nariz nos dedos com estardalhaço. Depois, passou o lenço embolado nas ventas: — Adeus, Padre!

Cativa Maria da Neve, mãe da negrinha Cipriana, passou correndo na obediência maluca, à cata de terra enxuta para espalhar por cima do sangue do chão.

Felicidade seguiu Da Neve com a criança no colo. No meio do pátio enorme, vazio, já infestado de sombras noturnas, a mucama parou desorientada, espanto morando nos dentros. Ouvido fino escutava movimento diferente fermentando na mata.

Padre topou corpo de Rita sozinho, preso às asperezas do tronco. Espargiu suas águas, orvalhando a carapinha ainda brilhante de passados óleos de planta, falou suas rezas em língua desconforme de missa, tudo na pressa das assombrações, e voltou para o alpendre aliviado nos nojos.

Capitão e mãe Clotilde teimavam sobre o ocorrido:

— Se tu matas mais negros, minha senhora, se tu resolves dar-me cabo dos cativos (que essa já não é a primeira peça que a senhora manda para o inferno...) então, mal vai o barco! Tenha a senhora em boa conta o que aviso: cá por mim, não sou vinho da mesma pipa do senhor padrinho! — Súbito estacou nas iras.

Padre Cunha também suspendeu o que ia dizer de interferência conciliadora, e mãe Clotilde assustou-se com os olhos fixos na cancela dos fundos.

Felicidade, no meio do largo, não havia mudado de lugar.

Na outra extremidade do grande pátio, Todos os Mares, uma preta gorda do Mulungu de Cima, abriu a porteira de estouro, bem se importando com dono, feitor, tronco, anjinho ou vira-mundo...

Todos os Mares parou, pernas muito abertas, braços rasgados bem alto, dedos espalhados em todas as direções. Todos os Mares parecia o pinicado dos desesperos!

No alpendre, os três brancos da casa não tiveram tempo de tomar pé na estranha aparição: logo por detrás da preta, começaram a surgir as peças da propriedade do Capitão.

Mãos cruzadas nas costas, em uniforme, os cativos foram formando um círculo pelas bordas do terreiro. Ao tempo em que fechavam o círculo, cediam lugar a mais cativos vindos das cercanias, também em silêncio, mãos atrás das costas.

— É o canjerê! Maldição! — Gil Tourinho exclamou por entre dentes, dentro daquela quietação que pesava mais do que aroeira derrubada de pouca hora: — Padre, se houver muanga, será necessário defendermo-nos... Quando esses demônios fazem suas juras... Então, agora... Esperança nos Palmares... — Palavra comia palavra sem deixar pensamento completo. — Enfim... tenhamos cautela... O melhor é não

provocá-los mais! Também, não podemos deixar... quem sabe? — A mão decidida se meteu por baixo da barra do jaleco de pano verde.

Assustada mais ainda com as palavras do marido, mãe Clotilde perguntou dentro da inutilidade:

— E Passarinho? Cadê Passarinho? Zacaria fugiu?

Um bando de sacuês cortou o céu arrepiando sua empenação pedrês, carapuças vermelhas e brancas, em busca da noite na galharia das mangueiras mais próximas.

Ninguém deu pelo bando de sacuês...

O que Padre Cunha percebeu foi que os negros, só interessados na criança, não prometiam perigo iminente! Reforçando seguranças, respirou aliviado. Então, com sua autoridade evidente, resolveu falar ao bando para terminar de vez com o canjerê principiado. Tomou seu jeito de pregador na missa de domingo:

— Eh, lá! Vosmecês! — Mas a voz sumiu afogada na vibração daquele mundo de pés que começavam a bater com força no chão, num crescendo progressivo, fechando círculo em torno da mucama Felicidade com o recém-nascido no colo.

O chamado do Padre foi como a passagem do bando de sacuês: se perdeu nos definitivos!

O religioso desmanchou sua posição bonita e calou-se, pensamento no corpo de Rita, nu, lanhado nas carnes, melado de sangue em coágulos escuros...

Essa foi a visão que lhe ficou comendo uma ponta de remorso.

Olhou a cara parada de mãe Clotilde...

Vontade foi gritar bem alto: — "A senhora quer saber de uma coisa? O que a senhora é, é uma criminosa, uma assassina muito da covarde! Muito do covarde fui eu também, está escutando? (A cara parada de mãe Clotilde esmagando os seios *no corrimão da varanda parecia que estava escutando realmente os pensamentos do Padre...) Fui eu também quando lhe disse, só de medo de perder cama e mesa, que a senhora não devia ter remorsos porque foi Deus que matou a cativa. Pois agora saiba a senhora, D. Clotilde, que quem matou a Rita foi a senhora. Só a senhora! Que quando a senhora morrer, sua alma vai purgar nos quintos tanta da perversidade. Que a senhora é a pior peste da Capitania... Pena é que eu não tenha o desassombro daquela negra que teve coragem de lhe queimar o braço de melado quente, embora sabendo que podia morrer depois, como morreu mesmo!*

Padre Cunha não aguentou tamanha humilhação. Fugiu para a sala, ardendo em raiva da mulher.

Mãe Clotilde seguiu seu hóspede para trancar-se na alcova, braço enrolado na folhagem fresca, ouvidos entupidos com raminhos brancos de muginha por via de chegar barulho irritante que vinha de fora.

Só o Capitão permaneceu na varanda interessado no desenrolar da cena, mão firme no trabuco, por baixo do jaleco.

Depois de atingir o auge, cadência dos pés batendo no solo foi se tornando mais lenta, enquanto aquela porção de corpos negros lustrosos de suor, principiavam um novo jogo, a se balançar nos próprios quadris em ritmo seco, só ondeando macio os braços no gesto de quem apanha um pó espalhado no chão e junta tudo na barriga, no peito, por cima dos cabelos, estralejando, depois, os dedos no ar.

Começaram a matanga — a dança mais fúnebre dos negros zulus.

Homens e mulheres, bambeando as cabeças de trás para a frente, numa violência estúpida, encolhendo e estufando os peitos, alternativamente, freneticamente, iam mudando de lugar no círculo, passo a passo, sempre em giro contínuo em volta de Felicidade.

Todos os olhos fitavam o molequinho num ímpeto assusta-
dor mas nenhum outro som se fazia ouvir (nem mesmo os
ruídos naturais do vento, do rio ou da mata), além das batidas
intermitentes dos pés no solo, além das arrancadas gemidas
dos peitos atirados com força pra frente.

A mucama, sentindo as identidades no sangue, perceben-
do que sua figura representava naquele momento a da mãe
morta, principiou também a girar e a bater os pés na matanga
sagrada, ao tempo em que erguia bem alto a criança nascida.

Durante duas horas seguidas, o canjerê não teve derivati-
vo. De repente, lua berrando no céu, a grande roda negra esta-
cou. Os pretos, em rigorosa imobilidade, passaram a formar
um grupo de estátuas de pedra! Era como se estivessem aten-
dendo a uma ordem preestabelecida para aquele justo momento.

Nas matangas, tudo se sucede no minuto exato, como
resultante de exaustivo e laborioso ensaio.

Foi assim que Pedro Aroroba destacando-se sozinho da cam-
bada, tomou chegada da mucama e apanhou o molequinho com
uma ternura de fêmea.

Pedro Aroroba virou-se para seu povo crescendo na respi-
ração funda.

Silêncio pesava que nem fumaça sem sustância para subir
no encorpado de um mormaço. Pedro não esperou mais nada,
sacudiu a cabeça e largou tremendo berro:

— Ganga-Zumba nasceu! No tronco nasceu!

Dentro do cerimonial grosso, toda aquela grande turba foi-
se ajoelhando muito lentamente como se o céu estivesse em-
purrando tudo para o chão.

Gil Tourinho não perdia um só movimento do assombro-
so ritual. De cima, os olhos não largavam Pedro Aroroba, mão
acordada na coronha da arma. Nisso teve a impressão certa
de que um vendaval estourado de repente havia derrubado as

matas de sua fazenda, estralejando um mar de troncos gigantes. É que uma floresta de braços negros ergueu-se para o ar, mãos espalmadas para cima:

— Gongoba cufou! — O estrondo foi o maior do mundo.

— Cufou de apanhar!

E Pedro repetiu em solo brutal:

— Ganga-Zumba nasceu!

O brado perdeu-se na vertente. Então, numa surpresa e sem ordem ostensiva de ninguém, a cerimônia terminou de estalo.

Sempre em grande silêncio e na maior disciplina, os negros foram-se retirando de costas, como fantasmas de outras eras, pela porteira que Todos os Mares havia deixado escancarada como a boca desconforme do tempo.

A preta gorda se retirou também pelo mesmo caminho por onde tinha vindo, mas já levando o recém-nascido aninhado nos peitos quentes do tamanho.

No terreiro, agora sozinho da turba, Felicidade permanecia parada, como se ainda estivesse segurando a criança, olho boiando solto na escuridão da noite.

Tempo passou.

Quando vento começou a soprar madrugada de mansinho nas folhas do mangueiral, a mucama foi-se agachando com o vento. Rente ao chão, principiou cuspindo em volta. Depois, largou-se, rojando-se no pó em movimentos brutais. Contraindo o corpo como fazem os bichos assombrados, Felicidade danou-se esfregando a barriga na terra. Depois, com a loucura de quem se debate contra forças invisíveis, virou-se de cara pra lua. De novo, começou a cadenciar movimentos e contrações, erguendo-se nos calcanhares e deixando-se cair de costas brutalmente, para erguer-se outra vez, dando umbigadas no ar, bambeando o ventre e os peitos muito pretos, num desespero, soluçando o sexo glabro, enrijando as coxas, arranhando-se com as unhas, até cair exausta para escavar a terra com as nádegas em sangue, imprecando malambas, rogando etés, espumando cansaços, irisando-se na dor...

Por trás da cerca grossa de maracujás, Aroroba assistia o uaxi de mucama Felicidade — só quem tinha recebido mando de zelar pelo corpo de Rita até Padre Cunha determinar o enterro:

— Tá bão! Fía Felicidade tá di feição pra amansá perversidade de angana Crotide. Essa mêrmo... Fía Felicidade tá di feição... — E Pedro sumiu satisfeito na trilha dos vagos...

30

*F*elicidade cochilava com um facho de canzenze alumiando cristandade no corpo de Rita ainda preso no tronco. Noite zanzava suas lendas nos ouros da serra.

Nisso, dois negros muito velhos foram tomando chegada, agachados como bichos fuçando restos de comida.

Um falou:

— Pruquê, nhanhã, pruquê vosmicê num aparta fía Gongoba di tronco duro?

Felicidade reconheceu a voz de pai Três Depois. A luz difundida pelo toco do canzenze era mais fria do que o cadáver. A mucama ainda estava toda dolorida de seu uaxi. Esfregou os olhos sem susto:

— Sei não, pai Três Depois! Ninguém não deu orde... Certeza foi medo do povo de zangá iaiá Crotide... — Felicidade ficou olhando para Rita. — Sei não...

Quem falou, depois, foi o outro negro velho:

— Vamo arritirá ela di tronco, Três Depois? Vâmo deitá fía Gongoba mode fía discansá di cativêro, ê, ê... Di cativêro brabo...

O outro era Francisco Largado, um negro pôsto-fora que já tinha nascido resto por via dum mal que lhe deu em pequeno. Foi um mal sem cura nas juntas e nas pontas. Resultado: na rolação do tempo, cresceu cabeça, cresceu corpo, mas braço e perna encruou tudo nos tamanhos de menino, numa desobediência às vontades, num sem de prestativo senão pra tirar esmola. Francisco Largado arrastou-se até o pelourinho e ficou acarinhando as carnes da morta com suas mãozinhas de anão:

— Fía Gongoba era boa. Era fía muiti boa pra gente véia... Fía Gongoba agora tá fria, fria... Cotada de fía Gongoba fria, fria... — A mão torta do aleijão prosseguia acarinhando num amor de terra as pernas de Rita. — Vâmo, pai Três Depois, vâmo descê fía Gongoba di tronco?

Mas pai Três Depois já era tão velho que andava de quatro, com as mãos no chão, num adjutório à fraqueza das pernas. Assim mesmo aproximou-se de rastros, pés virados para dentro, revolvendo o pó do chão.

Escorando-se no companheiro imundo, depois no corpo morto de Rita, o velho alcançou num esforço a argola atrás do tronco. Puxou pela ponta da corrente, libertou os elos do calço — um sarrafo em cunha pontuda — e desatou o nó dado pelo feitor fugido.

Solto o corpo, mas mal sustido nos baixos pela debilidade de Francisco Largado, Rita tombou por cima dos dois velhos e estatelou-se no chão.

Felicidade correu de auxílio mas a negra já estava rija e não adiantava força para tomar posição de sossego.

Francisco Largado levantou-se da queda com dificuldade. Limpou o barro das pernas nuas, das costas nuas:

— Ocu-saruê! — O escravo ficou olhando Rita num jeito engraçado de boneco de pano. — Fía Gongoba, Ocu-saruê!

Num incoie essa perna, minina! Tu incoie, cuma é que nóis vaifazê? Deita aí! Oi! deixa de luxo, minina! Tu deita aí mo'discansá!

— Gongoba, fía de nóis, mãe du Reis... Saruê! — Pai Três Depois saudou também.

Findo o serviço, os dois cativos sentaram-se no chão, gemendo do esforço penoso.

Largado principiou brincando com terra que apanhava, deixando escapar em fios fininhos por entre os dedos de difícil mobilidade. Pai Três Depois ficou vigiando a negra morta, com muita atenção naquela posição diferente.

— Tá bão! — Exclamou por fim.

— Tá bão! — O outro respondeu sem largar a terra.

Fora, noite quebrava mundo.

— Tá bão!

Felicidade voltou a cochilar seus cansaços, de cócoras, ventas metidas entre os joelhos sungados pra cima.

— Tá bão!

Nas serrarias, era hora de Mãe do Ouro disparar nuazinha pelos picos mais altos, sacudindo seus cabelos de luar pelas gargantas mais tenebrosas, dando riqueza, sarando mazela, devolvendo alegria perdida, inocência morta, virgindade roubada, brincando com as árvores velhas, beijando na boca o cativo que estava marcado para sumir nos rumos sumidos do outeiro Barriga do reino Palmar...

— Tá bão! — Três Depois repetiu à toa.

— Tá bão! — Disse Francisco Largado, entretido com os fios fininhos de terra.

E assim foi: moleque Antão, pretinho, pretinho, tinha nascido!

31

Sol acendeu alvorada de festa.

Logo, três cabindas novos, enxadas às costas, saíram dos fundos da casa-grande para o enterro de Rita.

No porão, os cativos só toparam mucama Felicidade dormindo largado suas fadigas, junto da cinza do canzenze:

— Oi, e eu sei de nada? — Respondeu estremunhando, olho arregalado na procura dos impossíveis. — Vi foi nada não... só se foi...

Ao pé do tronco nu, a corrente se embolava no chão.

Cativo que despertou Felicidade ficou esperando fim de conversa, olhando a corrente solteira.

— Apois?

— Ê, coisa ruim! — A mucama desinteressada nos corutos do sono deu por finda a informação, virou-se na terra e recomeçou a ressonar com força de bicho.

32

A manhã seguinte topou, já descendo o outro lado do Escorrego dos Gritos, Francisco Largado e pai Três Depois arrastando o corpo da negra pelos campos serenados do frio da noite, palmo a palmo, numa bufação de esforço sem forma.

— Êta, moda mais doida de carregar defunto! — Pensava pai Três Depois.

— Minhoca do chão não assenta comer corpo de mãe de Ganga. — Pensava Largado enquanto labutava com Rita.

— Corpo de mãe de Ganga só há de ser comido pelos corvos que é pra subir mais alto, senão pelos tigres para continuar se lavando dentro da valentia solta!

Era a lei dos Palmares!

33

No outro dia, mãe Clotilde acordou contando seus pesadelos a quem quisesse escutar. Viu Padre Cunha no salão das cadeiras altas e foi logo puxando conversa de maternidade, sem quê nem porquê. — Era Rita nas ideias!

Lembrou-se do molequinho. Pediu o molequinho. Gritou pelo molequinho. Foi aí que mãe Clotilde resolveu dar a Antão o nome do santo padroeiro daquele dia tão cheio de sangue e morte...

É muito fato que depois, na batida sem derivativo dos dias, mãe Clotilde abrandou coração no rebolado da estima por Antão orfinho. Acontece que o arrepio da caridade veio fora de seu tempo: Pedro Aroroba já tinha dado jeito de amanso firme em mãe Clotilde.

O jeito de amanso foi do mais pesado irocó, trazido do Congo, na dormência das vinganças. Pois foi: Pedro esperou uma sexta-feira pobre de lua (logo a primeira que se deu depois do nascimento de Antão, dentro daquele desperdício de sangue) e partiu para o caluje da velha Licênia. O caluje, coberto de palha de carnaúba, ficava na descida de uma encosta para uma grota feia. Chegando, Pedro salvou a negra e foi direto no preparo de seu efifá: socou um magote de besouros secos com urina antiga. Depois, misturou folhas de *pango com raiz de pipi, talinhos de tajá e brotos de estramônio. Por fim, juntou devagar a cola de olobó e mais muita raça de erva braba, tudo sempre muito à mão, guardado pela corumba feiticeira para ocasiões parelhas.*

Pronta a infusão-de-amansar-senhor, Aroroba largou portador para a casa-grande, tomou na paz sua meia caneca de marafo e se deitou na redinha risonha de cores para um sono roubado às labutas do dia.

Portador foi Severino, então moleque muito novo que, de tanto se misturar com os tapuias, sabia tecer tucum sem fazer barulho de presença.

Severino foi caçar mucama Felicidade, entregou-lhe um gongá pequenino e disse de enfiada:

— Óia, mecê topa aí dento cum mironga que Pêdo Aroroba mandô mode butá no di comê dela... Diz qui é pra musturá poquim cada minhã. Mironga dá pra muita vezi, mas, se cabá e carecê de mais, é só mandá dizê pr'ele lá no catimbó da véia Licena...

Severino deu seu recado e sumiu num assusto porque lugar de crioulinho não era dentro de casa mas, dia seguinte, já mãe Clotilde tomou sua primeira dose de amanso.

— E ordem de Ogá Aroroba era pra ser desobedecida? Isso, não só por congos e angolas como por todos os iorubas e quanta raça de negro mais andasse por roda de muita corda, fosse bantos ou sudaneses.

O resultado foi que terminada a primeira semana de tratamento, mãe Clotilde deu de ficar num desassossego das vontades que nem tigre canguçu engasgado de osso. Deu de ficar braba dos humores e de mandar açoitar suas peças por qualquer dá cá essa palha... Só queria ver sangue escorrendo em lombo de escravo e escutar gemido vindo dos troncos, ou gritos da barbaridade dos polegares amassados pelos anjinhos de ferro batido, ou pela crueldade do cepo, das pontas quentes, de isso mais aquilo...

— Coitados dos pretos!

— Coitada de mãe Clotilde!...

Mucama Felicidade é que nem se importava: vivia como coisa que nem era com ela... — Me diga, e no aripá preparado pelo negro duro não tinha também suco de esponjeira?

34

Um dia, mãe Clotilde acordou enredada na descarga dos sangues. Logo inventou moda de meter Pedro no tronco, pesado de libambo no pescoço, nos braços e nos tornozelos. Mãe Clotilde chamou Zacaria Passarinho — o feitor dos mais derrotados estrupícios — e mandou baixar o bacalhau sem dó nem consideração no mataco nu do velho escravo. Cumprida a ordem, a ialê de Eleguá (porque mãe Clotilde parecia direitinho a moça do Cão) ficou se rindo na verdade, mas Pedro Aroroba se ria também, por dentro da humilhação das partes à mostra, para quem passasse pelo terreiro, e da dor do relho cortado em tiras finas de couro cru:

— Faiz male, não, iaiá! Faiz male pra nêgo cufar, não... nêgo nasceu pra subvertê mêrmo, bem arretirado de seu chão, iaiá... — O cativo entremeava suas falas nos arrancos da muxinga dorida. — Esse nêgo que tá'qui pede caridade mais nunca... Pede não, iaiá! — E acrescentava baixinho, só para seus consolos: — Cafife tá chegano pras banda de nhanhã Cotide... Cafife tá chegando... tá chegando... Ora si tá!

O velho escravo sabia muito bem que o quebranto estava chegando porque o ibá fora bem-feito. Sabia que o envenenamento morno pela ingestão constante dos sucos brabos estava chegando ao fim. Sabia que, mais dia menos dia, mãe Clotilde ia subverter...

35

*F*oi *no derradeiro domingo de outubro daquele ano de 1659 que Francisco Largado e pai Três Depois deliberaram brigar de menino justamente por debaixo da rótula do quarto da sesta de mãe Clotilde, torando-lhe o sono desajeitado de doente.*

A mulher levantou-se da rede como um furacão, já espumando cóleras, para mandar meter os dois velhos no viramundo — suplício separado só para negro vigoroso nas vivências.

Felizmente o Capitão vinha chegando da roça naquele instante e não deixou a maldade tomar corpo, que Passarinho já vinha correndo com os ferros.

— Ê... ê, ê! Angana como coisa que variou, gente! — Pai Três Depois safou-se gatinhando pela terra do pátio, pés tortos para dentro, pisando de banda. — Metê vira-mundo n'eu mais cativo Largado? Pode não, angana! Pode não! Véio já véve pegado no vira-mundo da vida... Nêgo já nem se alevanta mais de tanto vará tempo... vira-mundo... Pra que mais ferro, iaiá? Nêgo véve fixe no tronco da vida... fixe... ê, ê...

Francisco Largado foi atrás, balançando seus bracinhos muito curtos como se caminhar fosse trabalho penoso:

— Ê... ê, ê... Vira-mundo n'eu? Ê... ê, ê...

36

Mais para o fim do outro mês, a senhora deu de engulhar a comida, de ficar jururu, de chorar pelos cantos como criança com dengo... Chorava horas seguidas, noites inteiras... Veio-lhe um caimento doído pelos nadas da vida, uma abobação, um estamento morto, só espiando pela roleta da camarinha o gado pastando mansinho pelas várzeas bem chovidas e mais além, pelas dalas alcantiladas das derradeiras vertentes.

— Folha de pango era da boa, da colhida por macho no Congo perdido, fora da vista de mulher. Folha de pango da velha Licênia garantia segurança no trabalho feito. — Garantia não, mucama Felicidade?

Mais para dentro, já no banzado da outra semana, foi um susto de dar gargalhadas e de dizer coisas solteiras até madrugada rosar no céu.

Daí para se enrodilhar no fundo da alcova como cobra com frio foi coisa de mais alguns dias.

Mas cada hora que passava, mãe Clotilde mais se apegava a molequinho Antão.

— Meu filhinho! Meu Antãozinho dos meus carinhos!... — Era só o que ela sabia dizer.

Vivia com o muaninha no colo, muito chorão, muito mimado, monco sempre escorrendo da ventinha chata como um botão de casaco.

— Felicidade, minha filha, veja uma pedrinha de rapadura para meu filhinho... Depressa, negra!

Mãe Clotilde estava transferindo para ela própria a maternidade da outra. Exigia que o Padre, represando nojos num sorriso idiota, beijasse os pés do crioulinho. Exigia do Padre muito amor nos beijos. Contava o nascimento, lembrava as *dores que havia sofrido no parto, mostrava os pulsos marcados pela argola do tronco e gemia ao recordar-se das cuias de salmoura atiradas pelo perverso feitor nos talhos de bacalhau abertos em suas carnes. Não podia mais ver Zacaria Passarinho... Chegava a procurar, refletidas no grande espelho francês, as cicatrizes das vergastadas mais recentes...*

— Felicidade, veja as minhas costas! A carne das minhas costas não é preta? — Chamava cem vezes nas horas do dia.

— Felicidade, que é de meu filhinho? Roubaram meu filho... Foi Zacaria Passarinho... — Gemia cem vezes nos tardes da noite. — Venderam meu filho!

E o choro banzava sem fim, enquanto as mãos órfãs de mãe Clotilde ficavam desfiando lentamente as contas de um pesado terço de prata até que as primeiras luzes do dia acordassem labuta dos negros no quintal...

37

Chegando dezembro, mãe Clotilde não se levantou mais, cabeça mole, mole...

— Mucama Felicidade fixe no tratamento! — Orde de Pedro, tá bão?

Rompendo os festejos do Ano Novo (1660), cheiro de defunto principiou desabrochando flores de morte pelos cafundós da fazenda. Nas senzalas, cativo acordava na batida da meia-noite escutando fininho cicio de alma penada. Era mais do que certo que Ocu zanzava pela benfeitoria em sua carreta, com sua goiva comprida, buscando sangue de branco pra se lavar na lua grande, pra se esconder na cova da capela, pra comer seu omalá de carne branca... Cativo escutava tremendo, tremendo, coruja talhando mortalha no céu; cativo escutava no branco dos olhos, fartura de risos, boquinha da noite, cantando pavores no denso arvoredo...

Só então Aroroba, o preto grosso e imenso da fazenda do Capitão Gil Tourinho, pôde pitar sua diamba sossegado: mãe Clotilde não ficou sendo mais trem vivente dentro da casa-grande!

38

Manhã rasgando dia sem especial, fazendo treze anos de mãe Clotilde sumida no varadouro da morte, Antão saiu pela porteira da casa-grande com a água da obrigação para a tamina dos cativos em labuta distante.

Foi batendo a cancela com um coice destrambelhado e foi vendo cavalo bonito de Zacaria Passarinho embolando poeira lá na frente. Pelo jeito, Zacaria ia no porto. Por isso, garbo cheio, corria estrada naquele galope miúdo de princípio de viagem.

Uma ida ao Recife, com o cumprimento de todos os quefazeres, representava oito dias de quimama para a pretalhada. Oito dias, pelo menos!

Moleque chegou ao retiro da agricultura contando a razão de estar tudo solto.

No alarido da folga, contou antes mesmo de descansar os púcaros ao pé do tronco de jenipapo erguido na sua altura triste e conservado pelo Capitão como marco de trabalho novo.

Aroroba já tinha desconfiado: — Vai vê, feitô da misera pegô febre malina, sono derreado ou viajô prus Arrecife!

Aroroba disse assim porque, saltando costume antigo, Zacaria não tinha vindo cedo para o eito, brandindo seu bacalhau perverso na pisada quente dos negros.

Quem chegou com recado de novidade foi pagão Unoi (fazia bem doze pra treze anos que Padre de igreja era muzungo vasqueiro na fazenda de Gil Tourinho, viúvo de antigo). Unoi falou:

— Sinhô véio dixe pra sum Aroroba diligenciá pra tudo corrê clareado no duro das cana pruque sum Passarim tem mui mandado de fazê no cumprido di toda a sumana que abriu hoje!

Foi Antão contar, terçados e foices descansaram no chão. Ninguém mais trabalhou aquela tarde. Secando suor o bangulê foi de afronta. Caio Mina, um gabão bongo danado por bebida, só com o recado da notícia saiu da banda pra trazer cachaça escondida nos impossíveis da feitoria nova, tão distante da casa-grande.

Tardezinha, a ruma de escravos recolheu à sede pela estradinha dos morros.

Tangidos pelo aboio de Aroroba, lá vinham os negros bêbados pelos rampeados, pisando saudades acajipadas no tempo sumido, na lembrança da terra perdida, no esfumaçado dos mares sem fim...

De longe, Capitão Gil Tourinho, cabeça alvinha pelos sonhos derruídos, estava escutando do alpendre a melopeia dos negros chegando, a melopeia mais triste do mundo.

39

Já nas presenças da noite, grilo atentando um horror dentro dos tufos de gravatá, duas negras descansaram o caldeirão da janta num canto da senzala pequena:

Aroroba apanhou a concha de ferro na obrigação de todo dia e levantou o feijão ralo temperado com lascas de peixe do reino por via do monopólio do sal.

No passo de servir a negralhada, Pedro Aroroba ia conferindo um por um:

— Arbano!

— Oi!

— Nanias!

— Oi!

— Salé!

— Pronto, sô!

Era a mabunda da comida...

— Nonato!

— Oi!

— Cumpadi Domingo!

— Tô aqui!

A concha enchia bindas estendidas na sofreguidão...

— Tiburço!

— Oi, sum Pedro!

— Rafaé!

— Oi!

— Bate-Quente!

— !!!

— Bate-Quente! Aonde tá tu, esse minino? Chega pra comê!

Quem respondeu foi grilo, lá fora, gozando noite sem vento.

— Bate-Quente! — Aroroba repetiu preocupado. Pensou: — "... se lavando no rio... capaz..." — mas não tornou a chamar. Largou o olho na lua crescente pela brecha do tabique antigo. Prosseguiu:

— Sivirino!

A concha rodou no fundo do caldeirão bambo sobre o tripé e encheu outra cuia esfomeada...

40

Fulo Bate-Quente, surro de espantar bicho, era o cativo mais grosso de toda a Capitania. Pé solava bem meia vara de chão e, de altura, o zulu medonho pouco faltava para alcançar uma braça. Para não dizer mais nada, Bate-Quente tinha umas mãos tão grandes que podia agarrar seis ovos em cada uma e ainda sobrava muito dedo para levantar galinha do choco...

Caldeirão vazio, a cambada arribou para o sereno, gargalhada dobrando liberdades pela ausência do feitor Zacaria.

Foi tudo bestar junto à porteira de fora.

Cativo Domingos principiou a contar da cria que tinha estuporado uma vaquinha caracu. Daí, os negros partiram para uma conversa comprida só em torno dos interesses da casagrande. Domingos emendou o caso de uma cobra-chocalheira que matara um bezerro branco no aceiro da floresta...

— Se em lugá du bizerro cobra mordesse Nonato? — A graça foi do cativo Salé. Logo, risada ecoou nas inocências. Albano chegou a se espojar na terra:

— A cobra mordesse Nonato! — Repetiu se acabando de rolar no chão.

O próprio Nonato também desabava de rir com a brincadeira quando Cipriana chegou trazendo novidade de que sinhô Capitão estava era se acabando na cachaça, picado nos despeitos da solidão, no enfarte das idades...

Notícia fez com que a pretalhada se afundasse mais nas alegrias tristes de povo cativo.

A menina de Da Neve ainda não tinha se misturado com Antão nos escuros da cerca pesada de maracujás maduros, cheirosos toda a vida, para escutar as maranduvas do Príncipe e já Salé tangia sua marimba na melancolia dos impossíveis.

Em prossecução, Tibúrcio e Ananias, os dois cambariangues de Catanga, abriram um coro monótono dentro da música de Salé. Por fim, uma puíta surgida de repente também deu de compassar o geral da tristeza.

Albano ergueu-se na tentação de caçar seu bujamê para entrar na toada com a flautinha de bambu verde. Ergueu-se na tenção mas parou de olho fixo no bico da estrada por onde vinha descendo o vulto enorme de Bate-Quente. O negro, maior ainda no sombreado, vinha das bandas do mocambo da velha Licênia.

Pelo visto, o zulu mais feio do que uma aranha trazia jeito inteiro de quem estava escutando clangores de urucungo chamando pra briga de sangue.

O raiado no branco dos olhos dizia do que Bate-Quente bebera e não bebera do bingundo fermentado pela ciência da velha banto; o raiado do branco dos olhos contava do que Bate-Quente fumara e não fumara da mistura danada de livre pra dar sonho doido no negro cativo, mistura de pango, diamba e olobó, mistura de vida-macuto-mentira, mistura de fumo fugindo do negro, levando do negro o fimbo pro céu.

Mistura pitada no doce remoto, na paz do recesso da velha Licênia, da morte-mucaji-indunga sem fim... O raiado no branco dos olhos dizia...

41

De cócoras no travessão de cima da porteira, imitando no jeito um caboré de estrada, Rafael, moleque debicador descarado, foi o primeiro que leu espantos nos olhos de Albano.

Quando toda a cambada percebeu, Bate-Quente já havia tomado chegada.

Empurrando Balduíno, sentou-se devagar sobre uma pedra e foi mirando os companheiros, parado nas ideias.

Pedro Aroroba olhou o negro no meio da cara inchada. Desconfiou daquele jeito bambeado. Levantou-se de seu canto, agarrou a cabeça do cativo enorme e achou as certezas tremendas no brilho desconforme daqueles olhos.

Então, abriu muito os dedos num gesto largo de desespero e pavor:

— Banzo!

Aroroga afastou-se arrepiando-se nos assombros:

— Gente, é banzo! —Gritou aterrado. — Bate-Quente está banzado! Eté de algum branco... branco perverso! Cafanga! É cafanga! Cafanga de branco! Fujam que é banzo!

— Banzo!

A cambada desembestou em pânico puro:

— Banzo!

— Banzo!

— É banzo!

Até Cipriana e Antão, tão defendidos na vadiação do amor, saltaram também, correndo aflição:

— Banzo!

— Bate-Quente está banzando!

Só o negro enorme curvado, zambro como um gorila, não se moveu da pedra.

Não percebeu a revoada espavorida dos companheiros.

Não percebeu, depois, aquela porção de olhos assustados, espiando de dentro da noite, desde os baixos do alpendre até as mangueiras mais distantes...

É que os negros sabiam que o banzo pegava mais do que bexigas!

É que os negros sabiam que o banzo doía, doía nos dentros, cegava nos olhos, ardia na boca... Os negros sabiam, sabiam que o banzo travava em angústias, feria as ideias, sangrava nos peitos, cortava os desejos, cheirava a veneno, matava os sentidos... matava o cativo... o negro morria... o negro cufava! Cufava sofrendo pior que nos eitos, pior que no tronco... O banzo matava... O negro morria... Os negros sabiam...

42

Os brancos também sabiam que o banzo era verdade, que o banzo existia de fato. Os brancos também sabiam da força dessa doença misteriosa que enlouquece o negro despedaçando-lhe o coração com o grito da terra perdida só por ele escutado na solidão das noites. Os brancos também sabiam do chamado trágico da África, lamento evolado das folhas da diamba e do pango, dissolvido nos sucos das raízes de pipi, entranhado nos óleos sagrados do dendê e do olobó... Os brancos também sabiam da insopitável força de atração exercida pelo uivo do ventre da terra distante; chamado fremente da mãe-negra mesmo para aqueles já nascidos longe dos congos; chamado na voz do sangue, mais áspero que o bramido do leão; chamado descomunal de morte escondida cujo contágio pode dizimar uma senzala inteira numa epidemia exótica, coletiva, iminentemente contagiosa... No banzo, o negro se mistura e confunde com a saudade do mar na lembrança dos navios tumbeiros de porões abarrotados de carne viva, tão viva como o cheiro vivo da África. Os brancos sabiam também que o banzo acorda ódios dormidos nos passados, por isso...

43

Bate-Quente ficou olhando nos vazios de redor, boca amargando, queimada pelo abuso do fumo envenenado, garganta ressequida pelo excesso do marafo rude.

Então, foi levantando seus ódios dormidos no meio da solidão. Súbito, atirou-se à cancela que arrancou dos gonzos em dois movimentos. Desandou a urrar como um animal ferido, estilhançando as ripas.

Depois, sem que ninguém empatasse nada, o monstro ergueu a pedra em que estava sentado e atirou-a com incrível violência para dentro do mato.

Quando o nhanhém da pedra rolando se apagou no frigido da galharia devastada, Bate-Quente deu de dar gargalhadas e berros pela noite adentro, cada vez mais longe, cada vez mais longe...

44

Manhã seguinte, Aroroba e os outros foram achar o companheiro variado muito pra lá do Escorrego dos Gritos, derruído por detrás de uma touceira de jurema velha.

Mas Bate-Quente já estava duro na posição que tomou para aquele sono final, sem mais de esbarro nesta vida de Nosso Senhor.

— Foi banzo! Foi...

45

Antes de posta fora a semana, Zacaria Passarinho chegou de volta-viagem, trazendo ordens cumpridas dos Arrecifes.

Trouxe a correspondência vinda pela última fragata; muita encomenda de campo e a novidade de que febre-de-bicho andava comendo solto dentro de Olinda, já inteiramente restabelecida do incêndio mandado atear pelo Coronel Waerdenburch, ainda antes do Governo Nassau.

No cartório de Mestre João Poveiro — português que, Deus o perdoe, chorava um tostão de vinho —, o povo já havia registrado mais de duzentas mortes graúdas: Mário Cardim, amigo do Rei, era uma; Tancredo Cunha de Amorim Cansado, navegador das áfricas, era outra...

Junto com o feitor dos estrupícios largados, chegou, também do porto dos Arrecifes, um bando misturado de voluntários carabineiros brancos e ruivos com tapuias-janduins do cacique Canindé.

O bando chegou valente nos efeitos puxados a ouro fino, tudo a preceito para uma nova entrada nos Palmares.

Manuel Lopes, Sargento-Mor, o chefe de mais essa expedição contra os quilombos do Rei Zambi (talvez a vigésima ou vigésima-segunda, contando com as duas organizadas pelos holandeses), era um labregão cheio de corpo, já bastante fundido nas vivências da terra. Tanto era assim que, descansando enfados do caminho, logo se recolheu aos fofos da casa-grande, sem dar conversa a ninguém.

No seu bem sossegado, começou por zampar, na gula, um travessão de jerimum maduro, bem cozido, esmagado em muito leite morno de cabra, tudo adoçado com mel-de-furo-fervido.

Antes de escurecer de todo, bigodes enxaguados na bacia de prata, o Sargento atirou-se aos roncos no colchão cheiroso de umburana, alto tanto assim de trapos limpinhos.

Enquanto isso, numa confusão de sem-chefe, seu meio-terço-de-armas bivacava no terreiro da situação, céu aberto, sem jimbolô para a ceia.

Quem não sabia que meio-terço, naquele tempo, beirava quatrocentos homens de guerra?

46

Dia seguinte ao da chegada de tanto homem na fazenda do Capitão Gil Tourinho, rebuliço passado, um segredo escondido na fidelidade da boca de Evaristo ganhou rumo da serra Barriga.

Evaristo era o espia mais antigo e de maior consideração de quantos paravam de espera em casa de corumba Licênia.

Mais dois dias e Aroroba era avisado que chegara fala de resposta urgente dos Palmares. Negro disparou para o catimbó de velha Licênia na mordida da curiosidade, na pisada da obediência mas levando também fantasia ridente de fuga bimbalhando festiva nas fressuras.

Só mesmo por muito amor à liberdade Pedro Aroroba se conservava preso daquele jeito às terras do Capitão, comendo já tantos anos de cativeiro duro. É que Zambi precisava de Aroroba, cativo mesmo, onde ele estava mesmo: na fazenda de Gil Tourinho!

— Que jeito?

47

Largada no vento-aracati, a bata branca de renda de Licênia balançava de adeus, secando lavagem recente.

Aroroba tomou chegada na ansiedade:

— Antônce? — Perguntou danado de pressa.

A velha estava mexendo com umas escamas de cobra-coral, a pedido de Da Neve, pra tombar nos aranhados da paixão um crioulo vistoso do caminho de São Roque, por nome Vitalino do Vento Novo.

— Recado de Zambi chegou. Assunte sum Evaristo! Disse sá Licênia.

Pedro foi ouvindo as ordens dos Palmares transmitidas pelo espia e foi murchando nas esperanças de ganhar o outeiro para as delícias de um fim de vida. Ainda não seria daquela vez que a liberdade havia de lhe sorrir nas alegrias! Ordem era para mandar só Antão (o Ganga-Zumba menino) para os abancos da serra sagrada, na batida mais feia da pressa.

Aroroba devia separar dois negros dos melhores, providenciar a fuga com bastante reserva de comida pra que nada faltasse ao Príncipe na viagem, entregar os fugitivos ao guia Damásio do Traíri, já escondido na maçaroca da Tronqueira das Almas, já fora das terras de Gil Tourinho.

Mais ordem era mandar recado pelo grande e pelo miúdo sobre a expedição do Sargento-Mor Manuel Lopes, dizendo da quantidade de soldados, de índios de armas, de rancho...

Um aviso terminava o recado do Rei e foi esse aviso que Evaristo não abafou nas palavras:

— ... e, se inté na quinta-feira que evém, num chegá recibo di minino Zumba passado das seguranças do outeiro, sum Pedro Aroroba tem é de sumir pros definitivos do grotão da morte...

— E Aroroba devia sumir pelos seus próprios pés... — Evaristo esclareceu.

Era a lei dos Palmares!

48

— Quero ir s'imbora o quê!?

Pedro coçou a orelha até arder. Afundado no respeito, Aroroba tentava convencer o moleque:

— Ganga-Zumba manda muita coisa! Ganga-Zumba manda... Tá bão! Mas Zambi é quem pode mais!

— Quero ir não, sum Aroroba! — Antão (Cipriana no pensamento) insistia por ficar. — Quero ir não! Cabou-se!

— ... Zambi é quem pode mais! Minino vai s'imbora, sim!

Sentindo o peso da determinação do avô na fala macia de Pedro, Antão perguntou aflito:

— E Passarim? E coração de feitô Passarim? Mecê não me prometeu deixá eu sangrá nos vão de Passarim? Num premeteu deixá eu comê coração de feitô Passarim no meu sossego?

Aroroba precisava terminar conversa de fuga:

— Agora, tem mais jeito, não! Orde de Reis Zambi é de muita da segurança pra suncê. Convém facilitá, agora, mais não!

— E palavra de sum Aroroba? Será que palavra de sum Aroroba num tem mais valô? Vai ficá nisso?

— Eu... mais tarde... tendo orde de Zambi... — Aroroba estava tonto. — Eu mais tarde lhe devo Passarim vivo inté nos Palmá! Levo feitô pra suncê sangrá a seu gosto! Levo ou s'imbolo de uma vez na vergonha, ansim serve?

— Serve se eu levá Cipriana, hoje, mais eu! — Antão exigiu Cipriana, a filha de Da Neve. Cipriana havia de acompanhá-lo na fuga pra ser sua ialê, sua macaji querida, sua indunga, seu amor...

49

Nem Capitão Gil Tourinho nem Sargento-Mor Lopes deram pelo desassossego de fogo em mata seca que tomou conta da negralhada no terreiro, nas senzalas, nas matas... Só dias passados, recibo dos fugitivos já libertando compromisso de Aroroba, é que Gil Tourinho perguntou por Salé... por Domingos. Depois, lembrou-se de que fazia tempo solto não punha a vista em cima do feitor. Por fim, indagou de Cipriana. De Antão...

— Aonde andavam os cativos?

Quando o dono da casa mandou caçar o feitor, ninguém lhe deu notícia...

Findou-se o mês e o assunto só não se acabou de todo foi nos assentos que o Sargento Manuel Lopes mandou para Olinda, justificando-lhe mais alguma demora em sítio tão cômodo: — "No dia... mais quatro negros fugiram das terras do muito ilustre cristão... os sinais eram... o rumo levado só podia ter sido... Além disso, os fugitivos deram sumiço num feitor ilhéu..."

Aroroba só entendeu o sumiço levado pelo ilhéu Zacaria Passarinho naquela manhã cinzenta, parada de vento, em que deu de olho num bocado de urubus fazendo roda baixa nos ermos de um bosque de jacas-do-brejo retirado do oitão da senzala maior pra mais de uma hora de caminho entre muricis e mangabeiras.

Negro guardou aviso dos bichos e, logo que ganhou um tempinho morto, passou a mão numa enxada velha, puro cacumbu, e partiu pros ermos, certeza pulando mais vadia do que menino em lombo de cavalo inteiro.

— Possive? Aquele minino... quá!

De volta, nas costas enxada inda úmida da terra cavada mais fundo, negro vinha imaginando na incompreensão:

— ... me conte, sinhô... por artes de como Antão carreou Passarim pra canto tão separado?

Como a chuva começasse a peneirar mais grosso, Pedro apertou o passo para estacar mais adiante:

— Trabaio bunito! Caixa di peitos ansim rompida na faca só mêrmo pur mão intendida devera! Vôte, conho! Ê... ê, ê!...

Aroroba olhou para o céu como se naquele instante tivesse descoberto todo o tamanho do mistério. Descansou a enxada com o corte para o chão e o queixo pingando sobre a ponta do cabo, sem se importar com a chuva cada vez mais pesada:

— Ah! Antonce era pur isso que minina Cipriana véspera de fugi, só andou se rindo de fêmea ciada, dia inteirim, prus lado di feitô!?

Depois, aquele mundo de soldado zanzando pelos matos não explicava o encontro do corpo de Zacaria em sítio tão remoto? Tão à feição dos planos de Antão?

Cipriana fora uma negrinha bem da azevieira!

Pedro se riu.

Recolhendo-se à senzala, vinha era espantado com tudo aquilo. Enxugou a cara preta num pano grosso de juta e principiou se entristecendo, num começo de desesperança de, um dia, dia longe embora, muito longe, sua tarefa naquela fazenda fosse dada por finda e ele pudesse ser livre também... livre como Antão e Cipriana, Salé e Compadre Domingos eram, agora, nos alvoroços ondeados do reino Palmar...

Pela porta ainda aberta, Aroroba viu o laparoto do Sargento Lopes, na varanda da casa-grande, devorando no alheamento da paz seu bobó de inhame.

Teve-lhe nojo.

Teve vontade de lhe torcer o pescoço.

Lembrou que aquele homem, daí a alguns dias, iria combater os palmarinos. Matar o seu povo... beber o seu sangue: Zambi. Ganga-Zumba...

Ideia regressou para a montanha sagrada: o outeiro Barriga. Pedro havia de conhecer o reino dos Palmares nem que fosse para morrer, em sua derradeira horinha de vida. Aroroba tinha inveja até de negro Baltazar, um nagô, escravo de Zambi, que não tinha nem sustância para ser livre.

Pelo menos Baltazar vivia nos Palmares...

50

Outro dia, afinal, Sargento Lopes passou nos róseos da manhã, tangendo pela estradinha de dentro seu meio-terço tão misturado para as lides de guerra...

OFERENDA DE CIPRIANA

Oferenda da terra
aos pés que sumiram sem nome,
no vento sem nome das horas,
na quebra das horas no chão,
nas danças sem peso, na lama, poeira depois:
No peso do banzo:
— "Malamba! Malamba!"
Poeira
depois...

Oferenda da terra,
da terra sumida,
aos pés que sumiram na busca do reino da serra Barriga:
— "Ocaia, Cipriana,
sô nêgo liberto e faceiro!
Sô fío de Ganga, cafunje-mobica bonito e dengoso!
Dunga-Lá, minha nêga, sá dona da soba do Soba Zambi!"

Oferenda da terra-poeira do outeiro da vida, poeira depois...

Moinhos vazios,
vazios caminhos,
vazios,
vazios da estrada na mata-poeira das ondas do mar...
Vazios nas ondas,
nas ondas iguais,
iguais do mar-grande, na serra Barriga...
Poeira dos longes,
batidas de ingome,
poeira de Angola,
maxinga dos ventos,
mironga do mar,
do Congo e da Costa,
Luanda-poeira
de N'Gô maçambica-poeira-depois!

"— Cipriana, cheguemo
ind'agorinha!
Cheguemo dos baixos da praia de Olinda,
da beira do porto,
das águas do rio...
Cheguemo dos longe, fugidos das vilas, fazendas, engenhos..
fugidos dos eitos, dos ganhos-perdidos...
Nóis trouve banguê
tumado dos branco!
Angana, matemo...
Sinhô, nóis larguemo de bucho prá lua!
Nóis trouve é risada!..."
Poeira
depois...

Oferenda da terra perdida no rumo dos tudo:
— "O manto do Prinspe!"
Oferenda da terra sumida nas ondas redondas:
— "Os ouros, Palmares, as negras, a guerra!"
Oferenda da terra no sangue das horas sem nome:
— "A morte do Reis! Do Reis Gunocô!
Do Reis dos caminhos cruzado, passado, subido e descido!"
Oferenda da terra nas danças do chão, no peso do banzo,
[na lama do chão:

— "Maracatu!
— Eleguá, Ampungu, Dunga-tará!
— Sinherê, N'Baru de peitos pejados do leite da lamba
— Sinherê!"

Poeira depois...

Poeira na barriga do reino perdido da serra Barriga,
da serra perdida,
perdida poeira
na lama perdida do reino-quilombo-poeira-Palmares
do Ganga-Maior!

Oferenda da terra malunga de contas-miçangas sagradas
nos alvos da guerra,
no passo da vida,
na lua da morte,
poeira
depois...

Segunda Parte

"agrestes germinados"

... boquinha da noite, em dia de terça-feira, Ossonhê aparece nos cerrados mais ralos. Encontrando alguém andejo, gosta de pedir fumo. Servido, sempre pede mais. Então, vira uma brasa viva e fica dançando parado no ar. De brasa, vira um peru fazendo roda, um boi de carro mastigando passados ou um bode bom marrador. Senão, uma sacuê gorda mariscando nos impossíveis de Calunga. Depois, saltando miséria com sua perna só, sua carapuça vermelha, de cartucho, seu pito de taquara e barro cozido. Ossonhê torna a virar brasa solta no vento. Logo que isso se dê, o jeito é o vivente ir-s'embora sem olhar para trás e, podendo, logo na outra terça-feira, é bom deixar na encruzilhada da aparição mais um naco largo de tabaco como ebó de pura paz.

51

Palmares! Visto de longe, outeiro Barriga malhava espaçado cor de zaburro.

Caídas barreiras em chuvas idas davam gesto de terra esfolada às vertentes de palmas emplumando beleza na trégua da magrém: era junho!

Penacho de lança balançando lá em cima só podia ser de pindoba-amarga mas, do baixo pedregoso, moído pelo tempo, babaçus abriam seus leques sovinas, subindo tristeza na folhagem brava.

Muito mais embaixo, entre ásperas carnaúbas e ouricuris enfezados, as titaras-de-espinho rompiam espinheiros cinzentos nas copas espinhentas brotadas dos espinhosos troncos espinhados, espinhantes rimosos, enfartados de fétidas umidades.

Para quem estivesse nos altos de São Raimundinho dos Longes, a ruma sem termo de esbarrondadeiros abertos no vivo dos morros se apagava dentro da fumaça azul distante... distante sem que ninguém imaginasse aonde seria a quina do fim daquele panorama... panorama que se sucedia na linha do olho... na linha do olho, entre a palha seca dos catolés fininhos, só cortado pelo cabeço duro de algum rochedo, pela vertigem de uma perambeira, pelo talhado dos grotões soturnos, taciturnos, lúgubres, silentes... grotões escuros e feios bichos, de belos ouros, de ouros dormidos...

Calhando riqueza de lua, prata lavava nos cantos mais rudes da serrania rude; lavava na de pedra cortante morada das piores serpentes cascavéis escondidas no entremeado dos caules sextavados de mandacaru gigante, do facheiro molengo ou dos quipás miudinhos.

Distante vinte léguas do oceano, o reino encantado de Zambi afundava outras tantas léguas compridas na mata fechada, em direitura à volta grande do rio São Francisco. Então, a corda sem fim dos limites topava o brejal onde Zambi mandava afogar seus inimigos dentro de uma barrica. Desses brejos sujos, tão profundos que comiam na lama o tronco em pé de uma palmeira, o reino media um mundo de milhas de fundo por esse mundo fora. De largo, o domínio do Rei negro era o que se quisesse. Isso, desde a beira do rio Mundaú, só onde se pescava dourado gordo, só onde se colhia macela bondosa.

Água, fruta de polpa e de caldo, terra boa para a plantação de um tudo, salitre para pólvora de bom estrago, muito pau e muito bicho de pena e de pelo, era o que não faltava em todo o país dos quilombolas.

Nas aguadas, o gado engordava; nas lagoas, o peixe brilhava; nos terreiros, galinha ciscava... cachorro latia... Nos varzeados, a caça rolava; nos pomares, a fruta se dava, nas lavouras, a cana deitava... o negro se ria...

Pajeú florescia de festa. Ingá florescia. Pau d'Arco... Sapucairana florescia de festa.

Laranja-cravo cheirava gostoso. Jenipapo cheirava. Caju. Pitanga vermelha cheirava gostoso nas várzeas.

Suçuarana roncava nas grotas molhadas. Guaxinim roncava. Caititu... Onça-pintada roncava nas grotas.

Saúva picava as folhas da planta. Mosquito picava de febre-sezão. Abelha humildinha fazia seu mel. Cupim calombava a terra do chão.

52

Cem anos de guerra!

Entre o mar e Palmares, as vilas de Porto Calvo, Alagoas, Serinhaém, São Miguel e São Roque da Encruzilhada, além da vila de São Francisco, além de muita fazenda, povoação e aldeia, todo aquele mundo vivia alvoroçado com a guerra sem paradeiro.

Se um dia os negros desciam do outeiro na cortesia, mais tarde desciam na força pura, saqueando tudo.

Se outro dia soldados e tapuias chegavam para espantar os quilombolas, mais tarde chegavam para roubar, espancar e matar os colonos, com parte limpa de os defender do bambaré.

Em Matuí e até na vila de Uná, negro fugido tinha boa extração, era bem tratado e negociava esperto no comércio. Negro trazia suas colheitas e indústrias para barganhar por terçados e ferramentas de luxo, por miudezas brilhantes, remédio de botica, muges de contas ou de lata para enfeitar cabeça de preta asseada.

Os negros vendiam suas criações, seus potes de barro cozido...

Nos Palmares, havia fabricação importante de cerâmica e tecidos de tucum, de caruá, de entrecasca de barriguda. Nos Palmares havia fabricação de cestas e mundéus feitos de taquara fina. Não é que lá não houvesse também indústria de ferraria e de forja: — Havia! Mas a coisa era muito fiscalizada pelos gangas do Rei e só era pra ser empatada em luta de sangue, acesa pelas Entradas dos brancos xeretas.

Por isso, ferro e pólvora, negro não barganhava com ninguém.

53

No disparado da noite, chuva caindo de música no mato pagão, Zumba mais Cipriana chegaram aos segredos do quilombo de Pedro Pacassá.

Esse quilombo já ficava menos de légua e meia do de Quiloange. Isso, vindo para o Sul. Era canto ainda mais fechado e misterioso onde o Rei velho havia erguido de palha palácio-mocambos. Quiloange era como se chamava o alto de Andalaquituxe, aldeia capital do reino negro.

Pedro Pacassá, negro vivente ainda, era um angola parrudo, coisa de dois côvados e meio, canso de matar muita raça de inimigo só na malícia negaceada de representar covardia pra dar de rijo.

E pancada de Pacassá só prestava se torasse bonito, deixando o bicho beneficiado de uma vez!

Abrindo pisada para os meninos, Salé e Domingos quebravam a galharia puba de muito inverno, no escuro de sem lua.

Guia Damásio do Trairi vinha logo depois, dando direção aos batedores, no apito. Olhando marca num pé de pau, largou senha da combinação. A senha, desde que fosse para anunciar chegada de Ganga, era um miado comprido de Jaguatirica macheada.

Calhando mês de maio ou junho, quando as gatas miam a noite toda no alarido do cio puro, senha de chefe era mudada para choro guloso de acauã vendo serpente gorda. Isso porque, no sem chuva do meio ano, aquele gavião de luxo é trem vasqueiro na serra.

Mas foi com a senha que, mesmo debaixo do chuá desabusado da chuva, uma paliçada até ali invisível se abriu em uma frestinha tão acanhada que nem o Cão da Miséria Largada daria por ela!

Logo, reconhecidos os caminhantes pelo olho solto da sentinela, foi a vez da cerca se romper largo, rindo confianças bem ao pé dos meninos.

Timbaúba, diabo filho da mãe de feio, cheirando a uca pesada, saiu da sombra de sua atalaia, uma toca-de-peba, na frente de um bocado de negros medonhos (fazendo ideia sovina, eram vinte ou trinta guerreiros), tudo para receber a comitiva esperada de antigo.

Demora não houve: espia Evaristo tinha feito serviço de apresentação muito decente!

Timbaúba, bem dizer, era o primeiro quilombola de verdade que os fugitivos estavam vendo, então, na terra do sangue livre.

Vendo o negro com suas armas aterradoras, Cipriana só disse assim:

— Antão... Virge! O punhal... Olhe, só aquele mucual! Ou tem três palmos de folha ou não tem nada, não é mesmo? Vá pros Quinto! — E largou risada comprida, de segurança.

Timbaúba bem que escutou os espantos da negrinha mas, avisado de maduro, parecia só estar esperando mesmo pela senha de Trairi: ajoelhou-se nos molhados do chão para a salva do costume.

Quando ergueu as mãos espalmadas no respeito e na obediência ao Príncipe-menino, chuva grossa correu pelos braços dos trinta pretos, alumiando prata:

— Ganga-Zumba, meu Prinspe, Timbaúba, esse que t'aqui, pede suas orde que, se for orde de matá, Timbaúba mata; se for de morrê, Timbaúba morre!

— Dunga tará! — O coro reboou nas vertentes.

Salé e Domingos ajoelharam-se também, mãos para cima:

— Ganga-Zumba, Prinspe da nação Palmares!

— Ganga-Zumba!

Guia Damásio do Traíri saudou de seu canto:

— Dunga tará, sinherê! Dunga-Lá!

Só aí, Cipriana parou de rir. Sem saber por quê, apenas impelida pelo peso dos ventos, a negrinha foi se ajoelhando também, nas alturas da fé:

— ... Zumba! Ganga meu... muene! Muene do povo! Eu arrespeito suncê sim'nhô! Sinherê tará, meu Prinspe!

Nisso, de um salto — cabrito, se enrolou no pescoço de Antão, com mil braços, mil sexos, mil bocas...

Mil bolhas na terra do chão a chuva fazia. Fazia e chiava nas folhas folhadas da mata-folhagem. Mil bocas, mil sexos, mil braços, mil bolhas, Cipriana, a chuva fazia e chiava na terra do chão.

54

Dia seguinte, chuva estiada bonito, os caminhantes tocaram-se para a aldeia de Quiloange, conhecida também por Cerca do Amaro, nome de um mulato destemido que fez foi muita da miséria, mais tarde, na tomada da fazenda do Piancó. Ele e Pacassá.

Manhã estalava luzeiro festivo na copa verdinha de um arvoredo lavado.

Riacho do Pau, levando suas águas para os fundões de Cacaú, corria travesso.

Corria tão claro que torrente de vidro só se enxergava na vibração da carreira, no tremido dos bambus açoitados pela rapidez da água, no rumor da passagem mansa por entre os seixos rolados, no arrepiado dos barrigudinhos vadiando no fundo enfeitado de sol, senão na gostosura desperdiçada do cheiro de terra triscado de mil umidades.

Manhã estalava luzeiro difuso...

55

Guia, agora, era Onofre. Era Onofre Cirino por causa dos precipícios de defesa chamados estrepes, desconhecidos até dos espias de confiança maior.

Nascido, criado e fugido da fazenda do Boi Melado, logo ali na Baixada do Holandês, Onofre, um núbio da venta rasgada, trazia pra fora de quinze mortes riscadas no soluço de carinho dentro da tatuagem do braço gatilho-e-lanceiro. É que Onofre Cirino não mijava em riba de seu nome e não era dessa raça de povo que prefere largar mexendo em cima do chão trem sem prestativo que só vive é caçando jeito de ficar debaixo da terra, no seu bem quieto...

56

— Cuma é, Nofre Cirim, nóis tá mermo no rumo certo ou tá de deriva?

— Nhô, sim! Sô lá home de variá dentro de mato?

A gargalhada papocou sadia, remocou numas gameleiras ajuntadas na beira do passo e foi arreliar o resto da comitiva num ecoado gostoso.

— Ê, ê, Nofre, tu é bão mesmo!

— Apois, fío duma égua?

57

Esparramo derradeiro de Onofre foi o que lhe deu justo no momento em que Alferes Noé dos Angicos havia derribado na mais espalhada valentia um dos meninos de maior fôlego da nação palmarina. Isso, na guerra dos quilombos das Tabocas.

Vendo o abuso, guia Onofre não conversou: tomou chegada do rolo e largou ferro pesado no vazio das fressuras do militar destemeroso.

Dia seguinte, o alferes viajou para o cemitério da vila em rede sem varanda que é rede penada para enterro de cristão.

58

Foi de então que núbio Onofre deu pra guia que, dentro do reino Palmar, só pode ser guia seguro aquele que amostra sangue e tutano.

59

Os terríveis estrepes — precipícios de defesa ignorados na localização maliciosa até pelos espias de confiança maior — eram dos mais bárbaros engenhos inventados pelos bongos, bantos canibais da África Central.

Armadilha cruel, os estrepes consistiam em longos fossos de três a quatro varas de fundo por oito ou dez de boca. As valas, serpenteando estrategicamente no limite dos quilombos reais e cubatas de mais importância, só deixavam uma passagem manhosa e, assim mesmo, tão estreita que não dava cabimento a mais de um passante de cada vez.

Daí, a precisão de guia sabedor sempre que alguém tomasse chegada para assunto de paz.

No fundo do engenho, em toda a extensão do sulco largo, os uantuafunos — escravos inteiros do soberano — usavam semear milhares de pontas de vinhático, sucupira branca ou maçaranduba, paus que, mergulhados no chão, ainda que dentro d'água, não apodrecem mais nunca!

Os pontaços, bem ocultos na vegetação braba, ficavam apenas dois palmos, se tanto, acima do fundo.

Depois, pronta aquela semeação do Tinhoso, todo o fosso era inundado até meia altura, lodo cobrindo o pescoço de um homem criado, onde mais planta rude dava de ficar boiando suas folhas e raízes.

Afundadas, ficavam só aquelas pontas peçonhentas...

Então, no disfarce do oco, os negros entrançavam por cima muitas embiaras e gravetos com bocados pegados de terra seca ou uma camada fina de grama amarrando ao rés do solo suas artes tenebrosas.

Alguma cobra que aparecesse no desordenado das malocas ou na mata suja de redor era atirada também ao fundo do engenho mais traiçoeiro do mundo.

Então, o bicho só podia quentar um pouco de sol pelas frestas do chão e coisa feia era espiar dentro de uma fresta dessas!

Ora, assim, quando acontecia um troço inimigo surgir para qualquer ofensa de guerra ou afronta de força, ouvia-se logo um toque triste, muito à feição de um grito de agouro, vindo dos mistérios do nada.

Esse mesmo toque, porém, rebolado nas alegrias, era ouvido quando se aproximavam comitivas amigas ou forasteiros que vinham negociar coisas com os da terra. Nessas ocasiões, guias-de-dentro saíam de suas locas para ensinar caminho seguro.

60

— Ei, Zico Machucado! É tu? — Onofre indagou para dentro da mata, ao escutar os primeiros alarmas festivos.

— Oi, sinhô, sim!

— Oi!

Logo, no batido da senha, dois enormes pretos apareceram na saia da vegetação.

Saudaram menino Ganga-Zumba e se espalharam na algazarra de criança.

— Por aqui, sô... Cuidado aí com esse pau caído que tá podre...

— E tem minhoca? — Cirino perguntou na arrelia, empicotando os camaradas.

— De quatro parmo a mais menó!

— Vôte, Côrno! — Cipriana se riu.

61

Os toques de alarma ou de aviso eram emitidos pelo búzio de um negro-atalaia sempre de olho pregado nos longes.

O búzio, quando o soprador é macio de peito, tem este favoneado: ninguém fica sabendo de onde vem o som, nem de que banda nem de que lonjura. Por isso, invasor escutava aquele toque chorado sem o agravo da malícia.

Quando via, era aquele mundo de quilombolas despertados pelo búzio chamador, saindo de seus esconderijos, armados de um tudo.

Isso porque, confirmado o aviso de guerra dado pelo atalaia atento sempre nas surpresas, ofício dos negros é sitiar os intrusos e empurrá-los na vontade de matar para dentro do fosso malvado: primeiro, no fogo vivo; depois, nos pontaços de lanças finas; por fim, na mais medonha azoada, só vencida pelos uivos de dor reboando longe o coletivo da queda.

Caído na armadilha, branco, índio, mestiço ou mesmo negro inimigo não tem mais quem o salve: se calha queda maneira e o infeliz aderga erguer ainda o corpo mal ferido, é pra tombar de novo tangido pelas lanças de cima sobre outros estrepes, sem mais firmeza no piso difícil e escorregadio, gritando nas furadas de renovados sofrimentos.

Não raro, o invasor fica que nem bicho meio afundado nos sujos do lodo, carnes dilaceradas, músculos e nervos do lado de fora da camisa suja, enleado pela rosca nojenta de alguma serpente prisioneira, assanhada com o movimento da briga.

Mesmo assim, os corpos ensanguentados ainda são rasgados do alto pelas lanças perversas. Então, até o trágico fim, doidos brados de vitória consumada atenazam os moribundos, espalhando novo triunfo palmarino sobre mais um inimigo derrotado...

Nessas ocasiões é que Ganga-Zona se ri com seus dentes cortados em pontas como se fossem, todos, caninos e, para comemorar mais essa façanha de seus meninos, se ajunta com o Rei para comerem os dois uma sacuê gorda, assada nas brasas com pena e tudo...

62

— Ei, Nofre Cirim! Tome tento que o passo, agora, é por aqui! — Zico Machucado, um dos negros-atalaias que vinha acompanhando a caravana desde há pouco, avisou sobre o caminho. Entraram por uma picada antiga e, logo, depararam com os altos de muitas palhoças afundadas no mato.

Era Quiloange, a Cerca do Amaro: a aldeia real!

63

E foi assim que, três para quatro horas de jornada no último lanço do caminho, menino Ganga-Zumba chegou ao palácio do bisavô Zambi. Chegou com sua gente, os guias, os amigos, Cipriana...

O palácio era, apenas, um murundu de taperas — dezesseis mucufas ao todo —, quase todas muito altas na palha da cobertura, muito amplas mas sem janelas, unidas entre si por estradinhas de esteira de pipiri ou de pindoba cuidadas com esmero, representando tal qual calçadas de rua, tudo dentro de uma cerca também muito alta, feita de troncos de paus escolhidos com vagar, fechada nos vãos como coisa que fosse uma parede de verdade...

Em tempo de guerra ou de ameaças feias, o Conselho Palmarino reunia-se de costume, na primeira palhoça da entrada, para a deliberação oficial.

Ainda nessa primeira palhoça, Zambi também usava decretar suas justiças. Pequenos litígios eram levados ao conhecimento do Rei que os solucionava sumária e irrecorrivelmente: se a disputa era sobre a posse de qualquer benfeitoria, mulher ou animal, a coisa terminava em farta distribuição de varadas nos brigões, enquanto o Rei tomava, como escarmento público, a causa da divergência para a sua fazenda.

Muito de sabido, Zumbi não usava essa pilhagem por gula, senão para evitar a multiplicação de atritos entre gente palmarina e consequente enfraquecimento de seu sobado.

O medo do confisco fazia com que, de costume, as questões se resolvessem amigavelmente.

Para crimes maiores, o réu também era trazido à presença real mas, como convite ao povo para servir de juiz, o criminoso tinha de transitar por todo o quilombo de Quiloange — a capital do reino — onde só eram julgados os grandes crimes.

Para a triste passeata, o réu havia de vir enfeitado de muitas e longas fitas encarnadas: as fitas da Justiça!

Terminado esse espetáculo preliminar, silenciados os tambores que, pelo percurso inteiro acompanhavam com batidas no agouro compassadas o negro aterrado pela certeza da pena rigorosa, o infeliz era posto em evidência ante o trono de Zambi.

O trono, uma vasta silha de pau velho, estava colocado engenhosamente sobre uma forte rampa de areia fina para obrigar aos que fossem parlamentar com o régulo a se retirar de costas, curvados para uma última e inexorável mesura de segurança e submissão.

Então, começava a segunda parte do circo: o réu era forçado a confessar sua falta mas tinha de confessá-la berrando a mais não poder, num desafio exótico ao histerismo dos tambores recomeçados no adarrum infernal.

Incitando a confissão, independente da veracidade das palavras proferidas ou da realidade do crime, negros estropiados em idas lutas (por isso mesmo mais sedentos de vingança contra a forma humana) espicaçavam o desgraçado com pontas de ferro em brasa, tesouras e farpas aguçadas.

Cada vez mais excitados pelo abuso de rum, os feios carrascos terminavam por esmurrar o preso até que um gesto real viesse calar a algazarra e o irritante batido dos atabaques.

Nessa hora grave, Zambi, ajeitando seu báculo fúnebre feito de ossos de algum mazungo, se levantava solene e perguntava aos seus vassalos, adoçando a voz numa ternura de pai:

— A lei vive ou a lei morre?

O silêncio se fazia mais pesado. Era um arremedo de julgamento, de compenetração de responsabilidades, de consulta à consciência...

Passados alguns momentos de expectativa, o Rei fazia a inquirição pela segunda vez:

— A lei vive... ou a lei morre?

Só então era dado ao povo opinar ante um réu abatido, olhos em chagas. A boca em sangue:

— A lei vive!

— Viva a lei!

O destino do negro estava lançado.

— Morra o culpado!

— Corta! — Gritavam de todos os cantos do largo terreiro: — Corta! Corta!

A resposta estrugia num alvoroço alegre e impaciente pela apoteose final do espetáculo predileto.

O sinal para a execução imediata era terrível: Zambi ouvia o veredicto do povo com os olhos largados além da ribanceira do outeiro onde uma descomunal cascata de rochas tombadas descia cruezas pela perambeira sem fim, seca, árida, trágica.

Depois, com o cetro feito de ossos, o Rei quilombola traçava um círculo no ar, lentamente, lentamente...

— Corta! Corta! — O povo prosseguia gritando com escarcéu, as negras com os filhos no colo, todos escabujando gozos na paramimia mais desordenada: — Corta!

E a amputação se consumava, ou das mãos, ou de um pé, de uma orelha, ou da cabeça, senão o vazamento de um olho, conforme a gravidade do delito, por vezes existente apenas na intriga torpe de algum chefe de prestígio na aldeia sagrada.

Finda a festa, já ao cair da tarde, os runs voltavam a percutir violentamente e a camorra se dispersava gritando:

— Viva a lei! Dunga Tará, Sinherê!

— A lei foi cumprida! Dunga Tará!

Mas cada testemunha era obrigada a levar para sua maloca um pedaço do nastro escarlate da Justiça palmarina, arrancado ao corpo mutilado da vítima, como novo escarmento sinistro.

64

Só na palhoça dos julgamentos, a maior de todas da mussamba real, tinham entrada de graça os negros quilombolas e os forasteiros. Quem chegasse de fora, mesmo mestiço e até branco, tomava presença para negociar suas mercadorias sem sustos ou afronta.

Mas só se podia entrar no palácio de Zambi durante o claro do dia porque, sol posto, vivente nenhum tinha força de lei para permanecer ao lado de dentro do cercado palaciano além das ialês prediletas do régulo.

Mesmo as outras mulheres, concubinas ou escravas, pernoitavam nas cubatas de fora, onde nenhum mocambo tinha o luxo de ostentar sua esteirinha de palha trançada diante da porta.

Foi bem nessa maloca — a dos julgamentos — que Ganga-Zumba, o moleque Antão, entrou sozinho para conhecer seu pai, neto do velho Zambi.

A dois passos da porta, o menino se ajoelhou conforme lhe fora ensinado pelos amigos, e começou a bater muitas palmas por sobre a cabeça em sinal de regozijo, submissão e reconhecimento de sua situação de súdito embora Príncipe.

Essa era a primeira vez que o negrinho fazia a reverência que tanto estava acostumado a receber. Divertiu-se com a coisa e prosseguiu até que o pai, já mouco de uma ouça estuporada em batalha antiga (contra o terço de Antônio Jácome Bezerra), surgisse no escuro do aposento.

Ganga-Zona viera à aldeia-chefe de Quiloange só para abençoar aquele filho desconhecido — o único de sua vida — e levá-lo pessoalmente nas ternuras de pai à presença do velho Rei, isso, antes de iniciá-lo nas artes de guerra.

Zona morava bem dez léguas afastado de Quiloange, no quilombo de Subupira, além de Dambrabanga. Era o chefe daquela estância essencialmente militar onde os jovens palmarinos se adestravam nas lutas, sobretudo defensivas, contra os brancos, os selvagens tapuias e os aventureiros.

Lá, menino ainda cheirando a leite, já sabia correr uma chincha no inimigo, rebolar uma cabeçada e, num rabo de arraia, abrir o rapa de uma tesoura com as pernas malinas, entrar num tombo-de-ladeira negaceando os pés, aparentando fraqueza, alardeando o falso de um medo, fingindo agredir o contendor com um cusparada para derribá-lo num baú mortal...

Lá, menino mole, já não ignorava as malícias de um zungu na fernura cruenta.

Nos orgulhos de pai, Zona largou sua bênção apressada ao filho e preparou-se para o ritual da apresentação ao Soba velho.

Lembrando-se no filho do luzolo gostoso de sua perdida Gongoba, quando ainda prisioneiros nos ferros do negreiro maldito, luz de tanganica alumiando azul nas pontas dos mastros em noites de temporal, Ganga-Zona saiu em busca de cubata íntima de Zambi:

— Vem! — Chamou o filho com a mão acarinhadeira.

Fora, onde já os esperavam Cipriana e os amigos, Antão reparou como eram boas de pisar aquelas esteirinhas de palha aparada certinho.

Então, Ganga-Zona parou e contou ao filho:

— Tá tudo esperando tu. Recado de Aroroba chegô trás-ant'onte. Mas também chegô recado de mais agravo ind'agorinha...

A nova chegada de São Roque era que Sargento Manuel Lopes já vinha feito para uma outra Entrada com seu meioterço de armas, muitos arcos araicás, muitos besteiros e muitos granadeiros.

Notícia contava até que, no caminho, a força havia matado na crua perversidade, errante Inácio Mocotó, um pobre fraco das ideias que, de ofensa no que se diz ofensa ao povo, só fazia era botar sentido nas moças quando calhava se banharem no riachão do Araticum.

Ouvindo as palavras do pai, Sargento Lopes apareceu vivo na memória de Antão: era como se o moleque estivesse vendo o militar no pátio da fazenda de Gil Tourinho, com seu bando de mucufos, pisando aquela terra que nem dono de fato.

— Tá bão, pai! Quero é topar aquele discarado de mãoa-mão! Já tô bem em tempo de guerreá... tô ou não tô?

O pai riu. Aquilo era força das urinas! Era sica de fruta verde... Seu menino tinha era de ir comer um bocado de tempo nos quilombos de Subupira, a aldeia da guerra, para aprender as artes de ser Rei... Para endurecer coração dentro do couro.

65

A casa de morada do velho Zambi era a maior de todas as existentes dentro do cercado. Também não tinha janelas ou rótulas mas possuía três saídas alinhadas de um só lado, ostentando em frente suas pitorescas esteirinhas de palha.

No chão de terra batida havia os restos de um tapete adamascado não se sabe vindo de onde, e, sobre o tapete, um banco descomunal na altura e na base! — Era um segundo trono. A imbuia vermelha representava um enorme jacaré sustentando no dorso escamado grosso a figura de uma velha negra de vasto sexo subindo no entalhe em toda a extensão da barriga enrugada até atingir-lhe o seio formado por dois peitos murchos, amparados muito embaixo pelas mãos encarquilhadas. O assento onde Zambi se encarapitava era em forma de bandeja colocada sobre a cabeça da horrível megera, mas o jacaré do pedestal, repetindo o admirável engenho defensivo do primeiro trono, prolongava sua catana achatada e em rampa por quatro varas em roda.

Ao pressentir a entrada dos visitantes, um negro vestido de mil cores (o escravo Baltazar da inveja de Aroroba) levantou-se lento como fumaça em lenha molhada, cresceu por detrás do engenhoso trono, e cumprindo a ingenuidade do cerimonial, indagou devagar, com voz troante:

— Quem vem chegando? Quem não teme a força de Zambi dos Palmares? Quem afronta o Ganga-Maior? — E, rompendo o silêncio imposto pela pausa do protocolo, perguntou dramaticamente: — É bicho, é planta ou é pedra?

Terminada, por fim, a engraçada lenga-lenga, todos se ajoelharam, bateram muitas palmas por sobre a cabeça e ergueram os braços para cima:

— Nós. — Ganga-Zona pediu ao escravo Baltazar que, em nome da água, do fogo e da Verdade, transmitisse ao régulo negro a indignidade de sua resposta. — Nós, Grande Senhor, somos miseráveis uantuafunos de nosso respeitado Macota, o Rei dos Palmares; somos seus pobres e inúteis vassalos; seus escravos e sujos e preguiçosos e bem merecemos a morte por perturbar o sossego de nossum Reis Zambi...

Não obstante as palavras terem sido proferidas aos berros segundo a comicidade da etiqueta, Baltazar repetiu-as cerimoniosamente, como um segredo, ao ouvido do Rei que, só então, pareceu escutá-las:

— E mecês? Que presentes mecês traz pra nossum Reis? — Indagou o escravo como porta-voz do Chefe-Maior.

Ganga-Zona se ergueu novidadeiro:

— Nóis trouve pru Reis o sangue do Reis que andava no mundo perdido de resto! — E a um assentimento real, prosseguiu: — Nóis trouve pro Reis o fío valente da fía Gongoba, no tronco nascido, nascido no tronco perverso dos branco!

Ganga-Zona terminou receitando uma muanga que, dos juramentos africanos é o mais terrível, contra todo homem branco possuidor de escravos ou benfeitorias:

— A morte do branco perverso, sacana dos conho!

— A morte! — Repetia o coro.

— A morte da mulher do branco sacana dos conho!

— A morte!

— A morte dos filhos do branco! Do ouro do branco! Da paz e da vida do branco!

A gritaria arrastou-se monótona, infantil, desagradável.

Fingindo sempre enorme surpresa pelo ocorrido, já tão ao conhecimento do quilombo, o velho Rei pediu ao bisneto que contasse suas histórias. Menino Zumba falou de Pedro Aroroba, falou da fazenda, de Cipriana ali presente, falou do feitor Passarinho...

66

Maranduba de menino Zumba o Rei escutava deleitado, bebericando sua cuia de cambica de murici.

Para o cerimonial, Zambi vestia uma roupa branca, espécie de mandrião de zuarte-muginha, gola de veludinho escarlate em forma de pelerine flamenga, calções de solia bem atacados nas canelas finas e botas do reino já muito gastas pela lixa da terra. Todo o traje era bordado profusamente a fios de metal e, de tal maneira estava guarnecido com alamares, gorgorões, apliques, fitas e postiços das mais desencontradas cores que seria impossível enriquecer tão exótico uniforme com mais algum enfeite, ainda que de mínimas dimensões.

Isso, sem falar nos muitos colares de contas, braceletes, ouropéis e manilhas indicativas das mais diversas linhas e poderes. Nas mãos, o Rei trazia luvas brancas tão apertadas que reagiam pelas costuras estouradas e, do pescoço, pendia mais uma grossa corrente de ouro sustentando simplesmente uma luneta francesa que uma ialê limpava a cada momento, soprando o hálito no vidro e recolhendo o embaciado num trapo limpinho.

Na cabeça muito raspada, Zambi portava uma carapuça em feitio de guritão malé de onde pendiam entre crinas de cavalo, outras fitas, uma borla azul e uma enfiada enorme de conchas do mar, búzios e dentes de bichos. Um largo cinturão enriquecido de mil muges diferentes e dois compridos e afiados facões no jeito de espadas cingia-lhe a barriga magra.

Além disso, havia brincos e joias, penduricalhos e balangandãs, patacões e palhetas de ouro, jarros e potes, escravos com leques, escravas com escarradeiras e abanicos... havia um arsenal de armas... havia de um tudo.... havia...

Na parede de terra seca (um barro muito pardo) via-se um pano de arrás esburacado nos amarelos desbotados, certamente furtado de alguma fazenda como tudo que se via ali.

Terminada a conversa comprida do menino Zumba, já nos primeiros escuros da noite, muriçoca comendo de festa, velho Zambi rasgou novo gesto no ar dando a vista por finda.

Então, na saudação guerreira ao Príncipe recém-chegado, Ganga-Muiça, o Tutu da liturgia palmarina, começou a fazer soar aterradoramente o grande batá-cotô sagrado.

Logo, se despencando pela perambeira tenebrosa, o toque acordou o reino inteiro na multiplicação de suas batidas. Durante toda a noite percutiram tambores irritantes varando léguas de mato, de chapadões enxutos, de valados, de morros, de brejos polvilhados de pirilampos.

Era o adarrum da anunciação batido nos urucungos do Rei!

67

Dia seguinte, moleque Antão pediu direitos de ialê para sua Cipriana:

— Mode que, meu sum Reis, eu lhe aprometi malunga de ocaiá nus trunuzêlo. Lhe aprometi, um dia, na fazenda...

Concedida a graça, seis uantuafunos gordos comandados por Eúla — uma nação cafre miúdo e redondo — trouxeram a pele de cabra nupcial onde a negrinha, arreliando o povo, pinicando acenos e trejeitos, danando-se em carinhos, foi levada para seu novo moquiço.

68

Mais outro dia e os meninos, já acasalados e de timão novo, tomaram o rumo da Cerca de Subupira, a distante aldeia do pai, não tanto para uma boa iniciação militar, como para resguardo seguro contra a entestada do Sargento-Mor Manuel Lopes, anunciada no sangue vertido de graça pelo falecido Inácio Mocotó.

69

Não havia quem não soubesse que errante Inácio Mocotó só andava caçando razão na enxurrada da vida.

Conhecido demais de toda a gente palmarina, o preto fugido variava sem paradeiro pelos arredores da serra Barriga.

Sempre com uma carapuça de baeta a esconder o lanho feio de uma pancada antiga, apartando em viés a coma-carapinha enrolada miudinho, era fácil topar o velho dormindo no quente da tarde, debaixo dos arvoredos do caminho.

Mas lugar onde Inácio Mocotó, com seu olho vazado, jamais botava a sola dos pés nodosos que nem raiz de pau d'arco era dentro dos quilombos! Nunca aparecia nas aldeias dos negros porque do que não gostava era de obrigação e estava muito bem ciente de que, ali, quem não se agasalhasse num trabalho qualquer, ou fosse por gastura de corpo ou por pura cavilação, era devolvido aos brancos, sem nenhuma cortesia, depois de entrar em boa peia para sacudir ramolença.

Assim, ideia solta, negro velho vivia pelos caminhos indagando coisas ao povo estradeiro, sem hora de especial. Inácio Mocotó perguntava isso mais aquilo aos bichos espalhados no carrascal, às águas que encontrava nos passos, às plantas em macegas nas asperezas dos barrancos. Inácio Mocotó com seu olho vazado, pingando, pingando, fazia muita conta de saber dos passados e dos porvires até das pedras topadas na vadiação de sem rumo. Enfim, Mocotó inquiria dos porquês justamente aonde os porquês não tinham cabimento.

Um dia, só para contar um caso, Mocotó ganhou meia pataca encardida de um morador preguiçoso. Serviço era esfolar uma porca gorda, abrir a bichinha em quartos e fazer as morcelas. Mal e mal passou a mão no dinheiro, Inácio foi certinho para um aiú roubado, numa venda de beira de estrada. O dono do tabuleiro, percebendo mucica de peixe maduro no tira-baixo, escamoteou os caroços secos do jogo no oco da mão de auxílio e o resultado foi que Mocotó ficou sem a sua moeda que gastou tanto tempo para arear.

— Faz mal não, sô! Fica proutra, gente! — Negro vinha resmungando de volta-viagem, doido de raiva pelo prejuízo. — Pobre tanto faz ter um como não ter nenhum... No jogo, pelo menos, a gente arrisca de enricar em bruto.

Comigo, é calção de veludo ou bunda de fora... — A risada saiu num rebolado fresco como vento em crista de morro... E não é tão bom?

70

Foi bem esse tempo que Sargento-Mor Manuel Lopes vinha de subida com seu meio-terço arejado para afrontar os homens de Zambi.

A tropa comia mata era gorda do descanso comprido na fazenda de Gil Tourinho.

Ainda nos últimos socalcos do tabuleirão de baixo, os mercenários do reino toparam Inácio Mocotó com seu bordão de camboatã, só faltando correr doido atrás de uma pancada de vento mais forte, o olho de resto seguro nos altos do céu:

— Me diga, seu vento cambuta, tu vem donde? Tu vem trazer gosto ou desgosto pra nossum Reis?

Dando com a força do Sargento Lopes, Inácio Mocotó se enfezou, foi na inquirição maluca:

— Meu branco, embora soldado nas minhas aparências seja que nem mão-pelada em galinheiro de rico, quem pergunta quer é saber, não é assim?

O meio-terço parou de solavanco ante aquele negro de palavras leves, Inácio prosseguiu no desaforo:

— Me explique por uma esmola, seu moço, vivente morre no dia lá dele sem variação? Se morre pru causo de que vosmecês, bosta de Satanás, vem de prepósito feito morrê tão inhante do tempo nas mão de Zambi?

A escopeta de soldado Mariano derrubou a afoiteza no rebolado de um tiro.

Só quando força de Sargento-Mor Manuel Lopes sumiu de todo vertente acima, engolida no rumo dos sangues pelo intrincado da brenha alta, errante Inácio Mocotó, maneiro de juízo, com sua borduna de camboatã lanhando os ares, seu olho vazado, pingando, pingando, largou de escabujar no pó seco de sem chuva, caçando razão na enxurrada da vida...

71

Foi no dia de Todos os Santos do ano da graça de 1675 que choveu fogo nos Quilombos dos Palmares.

Ouvido agarrado nas ordens do Sargento-Comandante, soldado Mariano largou a bala do rastilho.

Mira foi o mastro fincado no beiço do terreiro. Mariano bongou posição boa de apoio, ajeitou a escopeta nas firmezas, detonou a pólvora da escorva do cofre. A bala zuniu misérias e despedaçou a caveira de boi de grandes chifres que alvejava limpinha bem no topo do poste de maçala-roxa. Os cacos rolaram pelo precipício onde Rei Zambi gostava de largar os olhos enfarados por ocasião dos julgamentos: a descomunal cascata de pedras soltas que descia asperezas pela perambeira sem fim, seca, árida, trágica...

O fato é que, desde a pinicação da madrugada dentro da chuva fina, povo de Sargento Lopes vinha de rota certeira em cima da aldeia real e, se calhou de esbarrar uma bicada debaixo de um balcedo serenado, foi para zampar um rancho escoteiro de farinha que, com a dura caminhada, mais parecia mátula de escravo preso em cafua.

O estouro do tiro de soldado Mariano não havia ainda apagado rastro de eco no rebolado do fogo quando um só grito de guerra se levantou da boca de todos os atalaias de redor. Como coisa que fosse emitido dos dentros da terra, o grito acordou defesas, rompendo distâncias na mais pura aflição.

Cabinda Salé, sentinela escondido mais de junto dos invasores, ainda com o grito preso na boca, saltou de tigre sobre Mariano, mucual no ar brilhando o areado do ferro: foi a primeira luta e as duas primeiras mortes que se deram (o militar com o azulado da tripa espalhando-se devagar na lama do chão; Salé, nas costas rompido de lanças pouco afiadas, escabujava no sangue do outro, aos pés de seus muitos matadores).

Pelo visto, força de Sargento Lopes levava guia seguro na empresa. Não foi por um acaso que aquele povo tão bem armado, cumprido prazo de promessa, representou direto dentro de Quiloange!

E representou com fome de vitória gorda! Ninguém ficou sabendo de que maneira aquela nova entrada do Governo, mesmo sem o assopro de efeitos pesados no ouro, trazia tamanho impulso de agressão.

O susto dos que pugnavam pelo reino foi grande porque, embora sempre esperado, o Terço agressor tomou chegada por imprevistos rumos.

O fato de os soldados terem passado por fora da cerca de Pedro Pacassá e da aldeia de Andalaquituxe, a cidadela defendida pela velha Sabina, é que trouxe o esbarro da surpresa.

De nada adiantou Onofre Cirino ter se despencado na carreira maior dessa vida atrás do Cabeceira Pacassá, em Osenga, mais do destemido Timbaúba-zulu pior do que pau de dar em doido — na aldeia-vigia... De nada adiantou Zico Machucado correr em busca de velha Sabina na barafunda de Andalaquituxe... De nada adiantou o telégrafo dos tambores esparsos na mata nem o olho atento dos negros sungados nas árvores mais altas... De nada adiantou o berreiro dos atalaias, o sopro macio dos búzios, até os longes de Arotirene, o choro mansinho da acauã ou outra qualquer senha de perigo imediato... De nada adiantou!

Foi Mariano romper aquele fogo que lhe custou a vida nas mãos de quilombola Salé e uma tormenta de balas, de pelouros pinchados por bestas de molas ensebadas, de setas venenosas (que os tapuias-araicás, e junduins pouco se importam de fazer uma guerrinha maneira, desde que fossem bem subornados por cachaça e fumo) inundou o terreiro central de Quiloange para, logo depois, começar a invasão em bruto.

Enquanto Ganga-Zona, despertado nos ócios pelos gritos de alerta, atirou longe sua binda morna de cambica de pitangas trazida por sua ialê predileta e largou-se de um salto, ajuntando seus homens para a entestada vigorosa (por sorte ou por malícia, Ganga-Zona não havia acompanhado o filho na viagem a Subupira), o Tempo deixa uma brecha para que seja contada a história de Sabina, a guardiã de Andalaquituxe, uma zambô da canela fina, mãe de Ganga-Muiça, o chefe do protocolo-geral dos Palmares.

72

Mulher atreita a toda sorte de briga, Sabina foi, bem dizer, a vencedora do Terço de Antônio Jácome Bezerra quando, anos antes, aquele candango sem peia quis se fazer de cunene dentro da terra sagrada.

Sabina só não lhe fez caratuã da tripa grossa porque o bicho se danou de volta-carreira, gritando por socorro que nem menino mijão vendo fantasma.

Parece muito da mentira, mas a verdade é que o Capitão da falsa patente só suspendeu seus horrores na entrada de Olinda, já protegido pelos padres jesuítas...

Desd'aí, a figura magra de Sabina correu mundo: fosse em Penedo ou em São Miguel; fosse negro descalço ou branco porreta de chapéu de galão, fosse quem fosse havia de respeitar-lhe o nome.

Sempre de turbante na cabeça, seu pano de Angola atravessado por cima dos peitos murchos, sua bata, seu califão; sempre asseada nos usos; Sabina nunca precisou de arma para derrubar um homem num balão de corpo, numa tesoura de pernas, numa quebrada de braço...

Um dia, passou pela aldeia um recoveiro atrevido, firmou desaforo para o transporte de uma almanjarra qualquer. Resultado: Sabina chegou, foi dentro do mulato, rasgou uma lombada, emendou uma rasteira limpa-campo, outra dobrada, mais outra de sola, e deixou o pobre no chão sem mais sustância nem vontade para se erguer.

Então, Sabina ficou sendo cabeceira do Rei, ganhou o Governo de Andalaquituxe e o título de Ganga para o filho, dono dos protocolos palmarinos.

Marido nos justos recados foi trem que Sabina sempre desconheceu. Pai de Muiça — a negra dizia — era o escuro da noite, era o mistério do rio, era a sombra da mata, era o gemido do vento, o galope das nuvens...

73

Na segunda carga do Sargento Lopes, Ganga-Zona já estava do lado de fora da mussamba. Imediatamente, à frente de seus guerreiros, atirou-se a um corpo a corpo cosido, de regachão, para atalhar a violência do ataque. A tática teve a sua valia mas Ganga-Zona lá ficou estendido com seu ouvido mouco arrombado, banhando de sangue a terra da liberdade.

Quando as palhoças de fora começaram a estralejar no fogo do incêndio (fagulhas riscando no vazio do vento, subindo e descendo, acesas correndo, piscando paradas) a luta já ardia mais impetuosa do que o fogo e mais sangue vertido corria de melar tudo.

A peleja é que não demorou meia hora! Logo que a ordem de retirada da Força cantou nas quebradas (os brancos apartados de seu chefe morto por fim, levando o quinto magro da coroa; os negros chorando o corpo rasgado de Ganga-Zona) Zambi atravessou o terreiro ensanguentado e foi apoiar sua inteira desgraça no toco do mastro partido no decorrer da refrega:

— Toraram meu reino! — Zambi sofria.

De lá, tristeza morando nos olhos, o régulo ficou espiando seu palácio felizmente poupado da Entrada e das chamas.

A noite veio depois como coisa sem variação nos agrestes ermos.

Embora o tamanhão das estrelas, embora a beleza do céu, o Rei não dava fé das horas passando.

Macaia queimava vigília dorida nas mortalhas de epungo:

— Salé morreu! — Lembrava um.

Clangores de luto tirados dos vus cresciam espantos, na angústia do povo:

— Morreu Aliará! — Outro lembrava.

Candombe chorava de pena comprida no guzo do ilu:

— Morreu Timbaúba!

— Zico Machucado...

Aos poucos todos os que restaram foram chegando. Foram se agachando em roda do Rei: era Pedro Pacassá, era Amaro, eram os Cabeceiras tristes porque tempo não tiveram de acudir na luta.

Fora, alumiada pelo claro da lua poente, velha Sabina, saia sungada nas coxas sequinhas, caçava espalhados ferros, ainda quentes da matança medonha...

74

Dia seguinte, numa entrançada de armas, pra mais de quatrocentos cadáveres juncavam o outeiro onde poucas palhoças e plantações não tinham sido comidas pela doidice do fogo.

Assim, com mais dano para o Governo da Capitania do que para os miseráveis quilombolas, terminou, como de costume, outra nova Entrada, construída com tanto tempo de plano e de ação.

75

Morto Ganga-Zona, Zambi mandou portador trazer de volta o Príncipe Zumba — o molequinho Antão — apenas chegado à Subupira, nas margens do Caxingi de aguinha curta, quinze léguas compridas distante da capital.

O velho Soba tinha muita precisão de um sucessor já que o carrego da lua fina prometia invernada feia para sua velhice destruída.

Além do mais, os festejos do itambi (o funeral banto para um ganga morto) careciam de oficiante Maior. Era preciso sepultar o neto!

Quatro dias Zambi esperou pelo Príncipe, inteiramente derrotado em seus muitos anos de vida: essa última luta, a perda do valente e chorado Zona, a perda de tantos e tantos amigos fiéis, Cabeceiras de confiança ilimitada, de tantas benfeitorias, a destruição de tantos sacrifícios e renúncias, tudo, esmoreceu-lhe de uma vez o porte contabescido.

Na véspera da chegada de menino Zumba (só quem viu foi Baltazar), Rei Zambi chorou.

76

Assim foi: ao anoitecer do quarto dia do luto, a pequena comitiva que trazia Gamba-Zumba de regresso à capital do reino negro despontou no Caminho de Cima do outeiro sagrado.

Cipriana, gozando condição de ocaia-princesa, vinha encarapitada em um mutã cheiroso de jenipapeiro, carregado no lombo de dois negros.

Negrinha, zanzando sorrisos, vestia o garbo de um traje de pano reinol e calçava em um pé uma única botina de couro atacada no cano alto. Trazia na cabeça um vistoso toucado-agê, de muginha pintada com tinta de pau e muita raça de renda e adornos brilhantes enrolados no pescoço, nos pulsos, no gordo dos braços...

Menino Zumba seguia a guarda em uniforme de guerra: um fimbo da panóplia paterna, cabo de ouro, lâmina amolada na pedra do raio em noite de temporal grosso, e timão novo de casamento recente.

Em Andalaquituxe, nem bem descansou enfaro de viagem, o Príncipe foi logo ensaiando para oficiar o itambi do corpo do pai morto, conservado em linimento de ervas e sucos silvestres, extraídos em pilão rezado pelas artes de escravo Baltazar.

Nas pressas, seguindo os ensinamentos de Ganga-Muiça, Zumba tomou seu lugar de Zu-Rei, já Cabeceira-Maior, ao lado do bisavô Zambi. O sol ainda estava alto quando o menino deu início à cerimônia. Muito rígido em seu timão comprido, largou ordem para o funeral.

Com as mãos viradas de palmas para o céu, Zumba presidiu todos os uaxis preliminares, dançados dentro do ritual quimbundo pelas muitas mulheres deixadas pelo Cabeceira finado (eram ialês que, pelo direito de sucessão, lhe caberiam como fazenda, depois de apartadas as oito negrinhas para o pagamento da dízima devida ao velho Rei) e tomou o comando do cortejo de um fúnebre exótico até o ponto da floresta onde o féretro havia de ser sepultado.

Durante todo o longo percurso, perto de duas horas de penosa caminhada, as mulheres não paravam de bater os pés no chão em novos uaxis marcados pela percussão dos pesados rumpis de barro nos passos lerdos do candombe.

Numa cadência primitiva, negras lavadas e purificadas por infusões de pau-d'Angola, vergavam os luzidos corpos para diante e para trás, alternadamente, ora sacudindo as saias de muita roda, gomadas de alvo polvilho, como para espantar imaginário gado miúdo, ora passando as mãos hirtas na volúpia dos mistérios pelos seios duros, pelos amplos quartos, pelas trepidantes nádegas, pelos cabelos carapinhados, por todo o corpo. Em seguida, estalavam os dedos de lado, no jeito de arremeçar os fluidos maus de Exu ou Xaponã, o orixá malvado que só amava os homens marcados de feias bexigas.

Ainda na abertura do cortejo, outras negrinhas mais novas, enquanto caminhavam em seguimento às Feitas (as verdadeiras mães de cazumba), acompanhando as marcações dos agogôs e adajás mais próximos, levavam o dorso das mãos à testa, palmas voltadas para o solo numa figuração exagerada de humildade e obediência, para, logo depois, desfazendo a curvatura apenas decorrido o tempo da mudança do passo, esconderem os punhos cerrados atrás das costas, queixos espetados para o céu numa obstinação de fatalidade, sempre acompanhando o mesmo compasso do cantochão, do ojó irritante, uma rude pavana, uma nênia depressiva, uma melopeia desagradável.

Tanto as Feitas como as viúvas mais novas, as ialês encarregadas do catimbó dos eguns, têm os pescoços excessivamente alongados pela abundância de anéis de madeira muito lisos, agarrados entre si, sobrepostos no jeito de uma gola altíssima cujo diâmetro, diminuído à proporção que se aproxima da cabeça, alarga-se de novo, em carretel, um pouco abaixo do lóbulo das orelhas.

Mas apesar dos absurdos colares, não são menos sinistros os jeguedês da matanga. Em nada empatam os incômodos adornos quando o misticismo e a histeria presidem o espetáculo.

Assim, o enterro prossegue, enorme, em colorido préstito.

Isolados da turba pela força do protocolo, vão Ganga-Muiça e o medonho Izidoro, o quimbombo do reino, balançando seu grosso pachorô, abanando-se com ornado abedê de muitas penas.

Por fim, guardada pelos mais idosos Jibonãs palmarinos em suas roupagens de grande gala, passa a urna contendo o corpo morto de Ganga-Zona.

Nos misteriosos cafundós da mata, só atingidos por ermas veredas apertadas nas umidades da folhagem traiçoeira, os uantuafunos de maior respeito entre os companheiros já têm aberta varrida clareira para o Efum-Cubandama, o longo cerimonial de vigília para o sepultamento de um Ganga iorubano.

Izidoro, em sua visita de inspeção feita na véspera, preparara o terreiro com sal, fumo torrado e arruda, engambelando Exu para que o maior de todos os gênios do mal se retirasse em viagem às praias de Luanda onde outros negros, naquele momento, careciam de sua presença útil para as coragens da guerra.

A chegada do cortejo principia por encher a mataria de lamentações desesperadas. Logo, a matanga toma sua plena efervescência. Redobra-se nas danças, nos uaxis, na cantoria... Então, invocando a Mironga de Ocu (o Grande Segredo da Morte) uma das mulheres primeiras do finado, naturalmente a mais dengosa de suas ocaias, começa uma dança diferente em torno do esquife, uma dança macia porém difícil na libertação paulatina dos panos que a vestem.

Mas, logo na quinta ou sexta volta, apenas inteiramente despida, a dançarina deita-se ao comprido sobre o cadáver somente coberto com suas mandingas de vida, suas malungas de guerra, seus colares das linhas de inúmeros orixás e suas miçangas de mando.

A sensualidade lúbrica dos movimentos ritmados ao som da música áspera e monótona; ao cheiro forte das defumações do ritual, torna a invocação tetanizante e terrivelmente exaustiva.

Ainda deitada em seu matã cheiroso, Cipriana não larga o olho dos espantos da cena. Curiosidade mesmo estoura nas partes nuas do Ganga defunto, alternadamente cobertas e descobertas pelos sugestivos movimentos de quartos da bailarina:

— Conho! — Exclamação buscou o ouvido do companheiro obá. — Quando tu fô Reis devera, tu qué me fazê uma cortesia? Tu manda arranca os aquilo dum bocado de negro? Tu apremete pra tua ocasiá? Tu me apremete?

— E pra que porquêra tu qué tanto do cangaço murcho? — Ganga-Zumba espantou-se do capricho sem termo de sua ialê.

— Pra nada! Sei não... Pra vê tudo num magote, balançando duma embira...

Ao lado, por fora da festa, o velho Rei Zambi cochilava no silhão enfeitado com as cores do reino: vermelho e branco, que Palmares estava sob a proteção de Oxum-Maré, o orixá do arco-íris.

A muafa desregrada causada pelo desregradíssimo consumo de rum e diamba já provocava desatinos entre homens e mulheres, desatinos cada vez mais aterrorizadores principalmente quando projetados em sombras sarandas, enormes, bailando na massa do verde arvoredo pela baça luz dos fachos de canzenze lambuzados em cera de mandaçaia, uma abelhinha escura, silvestre, que gosta de se encharcar no mel da flor de camboatã.

Cai a noite na floresta, mas o cubandama prossegue, depressivo, por fora das horas, prossegue na voz rouca dos quimbotos a exorar; prossegue no rocumbo chorando presságios; prossegue nas lamentações dos homens embriagados, na excitação do adarrum, no assanhamento do xequerê, na luxúria das negras no cio, no cheiro do surro, transformando a clareira toda em quitanda maluca de lubambo, de pavores, de gritos, de gestos supremos de desespero e de morte.

Assobiando assombração perdida nos matos no jeito de vento de anúncio de muita chuva pesada, Oxóssi dança o seu alujá nas grotas da noite!

Só Zambi, lembrança doendo nos anos passados de um longo reinado, Zambi velhinho, os olhos pingando o frio da tarde, só Zambi cochila saudades...

Oficiante Ganga-Zumba, já cansado também, dá por findo o protocolo ensinado por Muiça: levanta-se de seu lugar de muita consideração ao lado do velho Rei e, subitamente irado, acorda a floresta inteira, os vargedos e o chapadão além até as mais altas garimpas da serraria deserta: — "Êi, lá! Êi! Cô si Obá cã afi, Olorum!"

O grito do Dunga, percutido depois no grande batá-cotô real, cavalga distâncias no vento e só é respondido pela gargalhada cínica de Oxóssi.

Rascantes como aluá de milho maduro, as palavras iorubas do Príncipe, mais do que as batidas do tambor sagrado, despertam o velho Rei que logo se retira, manipanso seco, nos braços do fiel Baltazar.

Já longe da disciplina de qualquer dos Cabeceiras, todos afastados no seguimento do pequeno cortejo de regresso do Rei, cortejo encerrado por Ganga-Zumba, os quilombolas, entregues a si próprios, aproveitam a manhã que chega ridente e, talvez, toda a próxima tarde (porque Exu só permite que a festa se prolongue até o segundo anoitecer) para darem vazão aos instintos represados de uma raça rinchada, nascida para o cativeiro, ora chicoteando as negras, ora ferindo os mais fracos, pisando os bêbados, deflorando as virgens, violando as prenhes, sacrificando as sacuês do ritual, o bode inteiro trazido de véspera para o ato de dar comida à cabeça, o galo preto para o omalá de farinha e os galos brancos da reza do dendê, o bezerro de N'Gombe enfeitado nas aspas com as fitas encarnadas da Justiça palmarina mais as cores das quatro linhas maiores de Omolu.

Na derrubada dos alguidares de efó e caruru (as negras arreliando tanta da carreira maluca), no estilhaçado das grampelas de oxinxim, os abarás espalhados, os acarajés amarelos... na derrubada (as negras arreliando) os inquietos quilombolas calcavam na terra-madrinha, de mistura com a papa gomada do vatapá entornado, as angústias já esquecidas de um passado perverso e, sobretudo, as sombrias incertezas de um futuro sempre muito próximo.

Distante dali, só se ouve a gargalhada de Oxóssi, levantando embiara de pelo pra onça comer...

77

Dia seguinte, sol espiou bonitezas por cima do morro de São Raimundinho dos Longes.

Os raios brilhantes atravessaram claridade de ouro nas nuvens esgarçadas num espalhafato de luz.

São Raimundinho dos Longes! — Cipriana estava olhando. Cipriana se apegou com São Raimundinho, ioiô muito mais potente do que aquele batifundo desesperado de orixás bulhentos e sanguinários.

Cipriana sabia uma reza bonita para São Brás, o Dadá poderoso cuja estátua colorida estava de amostração no peji da encruzilhada. Para São Cipriano, seu egum-protetor, a negrinha tinha aprendido também uma oração forte. Como era mesmo? — "... contra inimigos malinos... o segredo da magia... os trabalhos contra minha pessoa... Pelo sangue de Nos-'Sinhô, amém!" — Cipriana recapitulou. — Precisava, agora, era inventar uma outra, danada de dura, para São Raimundinho, o santo que tinha sustância para dar tamanha gostosura às cores do dia.

Cipriana gostava de todos os santos. Gostava mais, porém, de um bom luzolo-moleza de paz. Gostava de mão de carinho de negro-ternura, barriga de fora, quebranto nos olhos, quentura nas ancas... chamego de macho nas quebras do amor. Gostava a negrinha de fogo nos baixos queimando valenças, sem hora de embolo nas ervas do chão, nas quinas das pedras, nas rampas dos morros... Negrinha era como as folhas de evê levadas no vento ninguém sabe pr'aonde, ninguém sabe pra quê... Negrinha queria era macho surrento rolando ritaco no cheiro da noite gemida.

Cipriana rezava pra São Raimundinho, pedindo um magote de negros nos sonhos que tinha...

78

Quando Zumba entrou na sala do trono, atendendo chamado de pressa do velho Rei, teve, primeiro, de acostumar os olhos à pouca claridade interior. Logo, o menino percebeu Zambi, com seu completo traje dos grandes julgamentos, apoiando tristezas na megera de imbuia vermelha que lhe servia de assento para as cerimônias da corte.

Ao lado, o incrível Baltazar, imóvel na pedra da submissão, o pé sobre a bocarra escancarada do jacaré da base, parecia também talhado na madeira.

Zumba sentiu no ar a seriedade da cena, o abatimento do avô.

— Coitado! — Pensou. — Aquilo devia ser cansaço da vida, fraqueza da idade, preocupação pela morte do Ganga neto. Falta de ter comido seus ababalhos, talvez.

Ganga-Zumba atribuía o enfaro do Rei à vigília sempre prolongada.

Ajoelhou-se para a saudação e bateu as palmas da obediência por sobre a cabeça já bem raspada como só os Gangas tinham licença de usar. Depois ergueu-se e ficou esperando pelas ordens reais.

— Fío Zumba — o Rei começou falando de dentro de sua amolença dorida. — Fío... esse véio qui t'aqui presta mais não! Reis Zambi tá véio de uma vez. Muito véio... — A mão abria e fechava espremendo passados. — Reis Zambi já fez o que tinha de fazê no encarreirado da vida. Governou seu povo um bando de ano... matou muito branco. — Avaliou, aproveitando a mão no ar. — Muito! Agora Babá tá veinho. Cabelo branco no escorrido da cara... Fío de Reis Zu morreu, faz muito... muito tempo, do outro lado di mar... — Ideia do Rei atravessou o mundo. Esbarrou em Angola, oitenta anos atrás. — O velho Soba prosseguiu na difícil destilação das palavras. — Neto de Zambi cufou sumana passada... Ganga-Zona era valente... Agora, Reis Bá e seu povo do morro sagrado Barriga só têm fío de neto... ocê, minino Zumba. Minino Zumba precisa subir neste trono... — Os olhinhos do Rei, pingando, pingando, lacrimejavam velhice. — Sentar neste trono! Mas, pra sentar com validade de Reis devera, carece Reis véio cufar primeiro como Ganga-Zona cufou. Óia aqui, minino: uma cabana só, basta pra muita raça de gente morá, mas porém a maió nação da terra, meu fío, num basta pra mais de um Reis.

Baltazar permanecia imóvel como se fosse ele próprio um dos relevos figurantes do trono. Ganga-Zumba escutava imóvel também. Então, Zambi explicou ao bisneto da necessidade de governar seu povo sempre ouvindo os conselhos dos mais idosos e experimentados como Pacassá, Muiça, Amaro... Elogiou velha Sabina, Zico Machucado, falecido Timbaúba... Falou dos futuros... Dos brancos:

— Aqueles sacanas, fío, têm seu gunverno... Gunverno da safadage onde os de mais força manda nos outros dizendo que estão obedecendo... Mas têm seu gunverno! Povo sem gunverno, fío, é povo derrotado sozinho!

Zambi explicou mais que o importante era manter bem aceso o ódio aos inimigos da raça:

— Presta deixá quizila esfriá não! Branco que tome ferro nas tripa!

Só a inclemência havia de fazer Palmares sobreviver; e ele, Zambi, já tão idoso e sofrido, não aguentaria mais nem a sombra de uma outra guerra sempre nas ameaças.

Escravo Baltazar moveu-se por fim. Moveu-se para acompanhar o Rei que começou a caminhar em direção à porta da cubata:

— Eu mesmo não tenho ideia de empatar vitória do reino! Daqui pra diante, menino Zumba gunverne seu povo... Tope suas guerra mas nunca fale em caridade pra branco nenhum. Mate branco! Mate fío de branco, muié de branco! Tome os banguê dos branco sacana! Tome os ouro! Reis Zambi vai s'imbora pruque Reis Zambi presta mais pra nada não!

O velho atravessou o terreiro devagar, falando sempre, juízo na lei que não permitia que um Rei ioruba abdicasse.

Só a morte do soberano deixaria o trono vago para um sucessor. — Era a lei palmarina! Era a lei da África! (— A mais maió nação da terra, não basta pra dois reis! —) Baltazar, sombra, deslizava atrás do amo. Ganga-Zumba acompanhou-os, atenção presa nas palavras do velho, até o outro lado do terreiro. O Rei encostou-se por um momento no alto poste onde a caveira de boi de grandes chifres alvejava às inclemências do tempo quando soldado Mariano arrebentou-a na bala, os cacos rolando pelo precipício.

Dali, o Rei abençoou Zumba. Depois, largou-se do mastro e, por um outro átimo, parou na borda do abismo numa avaliação de distâncias, ou de altura ou de tempo, observando a descomunal cascata de pedras soltas que descia suas asperezas pela perambeira sem fim, trágica, árdua, seca.

— Mate branco... tudo que é branco... Mate inté as morte dos branco...

As palavras finais foram ditas apenas para os eguns de seus antepassados. Para Ampungu, o filho puro que jamais conheceu a humilhação do cativeiro!... Foram proferidas na língua perdida de seus pais, de seus avós, afundados nas eras sumidas.

Zumba ficou espiando de braços cruzados. Só se ouviu o rangido dos pés na terra empedrada, miúdo para o esforço final: o corpo magro do Rei soltou-se levinho no espaço. Um pouco mais embaixo, abriu desmesuradamente os braços murchos como se fosse para voar. Súbito, pendeu a cabeça para baixo, as pernas abertas em descomunal tesoura, e mergulhou direito no nhanhém da queda.

Sumindo o corpo, Baltazar, o fiel mubica, ajoelhou-se na terra, voltado para o abismo:

— Reis-Bá se findou! Se findou meu Reis-Bá! — Levantou-se e tornou a se pôr de joelhos, mãos ainda erguidas para o céu. Dessa vez, porém, dando as costas à perambeira, voltou-se para a saudação bonita ao novo Rei:

— Dunga-tará, Sinherê! Dunga-tará!

— Dunga-tará, Zumba-macota, Reis dos Palmá!

— Dunga-tará, Ganga-Zumba! Zu-Reis!

— Sinherê, o Reis vivo! Nos'sum Reis dos Palmá, Ganga-Zumba!

— Sinherê!

Depois, agarrou fortemente, com as duas mãos, o imundo gris-gris que lhe pendia do pescoço e, com a maior firmeza, deu o seu passo para o fim, em seguimento ao velho amo.

O corpo também rebolou pela pedreira, sacudindo os ossos por dentro como um xequerê despencado.

No terreiro, já dezenas de pretos ajoelharam-se com as mãos para cima, saudando o novo Rei:

— Dunga-tará, nos'sum Reis vivo!

— Sinherê, Ganga-Zumba!

Antão pretinho, o novo Rei Zumba dos Palmares, afastou-se lentamente em direção ao palácio real.

Era uma segunda-feira: dia de Omolu.

79

Embora a notícia ganhasse a baixada num átimo e se fosse desmanchar nas areias da costa, só os cativos, nas senzalas, ficaram cientes do ocorrido: nos Palmares, havia um novo Rei! Foram os camumbembes quilombolas que se incumbiram de espalhar a nova.

Mas a guerra mesmo, essa prosseguiu sem variação e sem beleza no emborcado de todas as traições. As Entradas dos brancos se sucediam numa encarrascão de sangue enquanto a resistência palmarina prosseguia cada vez mais fixa nas obstinações.

80

Triste mesmo era aquela turba se movendo em fila dentro do mato.

Não se escutava nem uma canção sem fim, dessas que ajudam caminhante esmorecido.

Nem um gemido de presença se escutava mais!

Era só aquilo: quase uma centena de cativos nus, famintos, engatados um no outro, pelo pescoço, no libambo comprido.

Era quase uma centena de homens-resto, gargantas em sede, cobertos de moscas nos lanhos abertos pela crueldade dos umbigos-de-boi, açoitados pelo olho maldoso do sol ou pelo frio das noites de chuva, queimados pela febre, rasgados no couro pelo entrançado espinhoso dos ramos mais baixos, tangidos pelo asco de doze mosqueteiros, também eles exaustos da longa jornada, também eles penando viagem nas quinas rudes das pedras do chão.

Rumo era Palmares!

No sopé do morro do Outeiro, os soldados traziam ordem de espancar os negros libertos por fim de suas correntes e fazê-los correr de fugida na áspera trilha de acesso à primeira aldeia rebelde. Depois, os soldados deviam regressar ligeiros, dentro da maior cautela para que os atalaias do Rei preto não despertassem nas iras cruentas.

Diziam em Olinda que as ordens vinham do próprio Pedro de Almeida. No comércio da vila não era segredo que o Governador teria arrebanhado aqueles molambos de carne escrava já sem qualquer valia (um dinheiro posto no mato), destinando-os a uma traição sem tamanho: soltos propositadamente nos quilombos de Ganga-Zumba, por certo haviam de empestar todos os palmarinos pelo contágio de suas feias boubas. É que, na pressa de fugirem às lambadas impiedosas, os infelizes subiriam o morro sagrado dessorando a terrível varíola-de-grão no choro das borbulhas arrebentadas pelo relho dos soldados. Na realidade, aqueles pobres cativos estavam inteiramente tomados das bexigonas negras que Xaponã gostava de espalhar na terra para aplacar os ódios de Olorum contra a maldade dos homens.

81

Traíras de Baixo, era possessão do velho Natalino Generoso, por apelido Nhô Bi.

Nhô Bi existiu na mais branca realidade. Existiu ele e existiu a cavilação maldosa de sua alma gorda de capiango de Satanás. E nem foi ninguém quem inventou sua triste história finalizada de esbarro com aquela morte das vinganças mais brabas: a barriga enormíssima recheada com um bacorinho vivo todo enfeitado de fitas vermelhas da Justiça quimbunda, pelos negros de Amaro e Pedro Pacassá.

A fazenda, terra muito da farta bem no sopé de cá do outeiro dos Mundéus, fora comprada a bem dizer na bacia das almas, como o povo daquele tempo retirado costumava classificar os negócios de antanho em que os amigos do Rei adquiriam uma donataria inteira por dez réis de mel coado.

Vendedor de Piancó, em fevereiro de 1645, nas pressas da retirada, fora João Blaer, um bíblia danado de excomungado.

Mais de trinta anos depois do holandês ter passado terras tão meigas, uma noite de lua talhada larga, as palhoças da benfeitoria (dez ou doze por junto), dormiam agasalhadas na pureza de leite semeada no chão. Foi precisamente com aquela lua debruçada na vertente da serra dos negros fugidos que teve começo mais esse episódio.

Madrugada comendo mansinho apagou a Estrela Pastora num vagar de serenata. Tempo avançou só na silenciosa vigília dos uauás acendendo luzeiro pelos campos sem fim. Cheiro bom das plantas dormidas se levanta macio.

Mesmo por detrás do valado onde mais vaga-lumes faiscavam riqueza na gelada vigília (uma baixada bonita tanto assim de feijão guaxo) a mataria prateava mais riqueza como se a banda de lua grossa fosse um quengo de bambá queimando iluminação nos escuros do céu.

Dentro das cercas de camboatã mimoso, sono geral parecia largado de uma vez.

Na fazenda, quietação pesava gorda, só cortada pelo choro de um bezerro perdido; pelo arranhado calmo de uma rês coçando carrapato em algum mourão solteiro ou pela zoada vadia de um grilo escondido em algum gravatá ou miolo pubo.

Senão, pelo canto do vento.

De quando em pouco, pancadas malucas chegadas do mar assopravam assombração nas horas perdidas.

Mas as rajadas, arrepiando folhagem madura de todos os matos, vinham secas demais para aqueles cafundós de junho-julho.

Vento do mar...

Dandara, mulata, por isso cantava:

— *O vento que vem do mar...*

Dandara bambula, do corpo limpinho, a filha de branco, a moça que tinha o cheiro do mar, a moça que dava no beijo dos olhos os olhos no olhar, Dandara, mulata, por isso cantava:

> — *O vento que vem do mar*
> *não carece de caminho,*
> *se pé de serra empatar,*
> *o vento assopra mansinho:*
> *rompe, depois, na vertente*
> *fumaçando o pó do chão.*
> *O vento que vem do mar*
> *mela o agoxó todinho*
> *bem na candeia da gente*
> *e larga o bicho em morrão...*

Por isso, Dandara cantava na beira do rio, banhando os cabelos, o corpo limpinho, os pés nas chinelas, batendo uma roupa nas pedras da margem, pisando um bocado de epungo maduro, se rindo, a risada das carnes floridas, se dando inteirinha no gozo das ervas... Por isso Dandara, mulata, endechava:

— *O vento que vem do mar...*

82

Naquela madrugada, da casa-grande só se ouvia o regougo do Cucaú preso nos barrancos e penhascos brutos em ásperos declives até perder suas águas fresquinhas, espumando um horror, no rio Traíri.

"O dia, se não minto, era de Sant'Ana. Isso, porém, sem a mais mínima certeza porque quem contou foi Frei André da Anunciação, um capuchinho descalço, sabedor de coisas, mas mesmo assim, por ter escutado talqualzinho de um negro vivente na época, negro esse que conheceu Dandara na pessoa vera da mulata. Não que ninguém tivesse visto..." — Essas palavras saíram da boca de irmão Jesuíno, no alpendre da fazenda, hoje propriedade dos morcegos e dos bichos do mato.

Mas, voltando ao encarreirado da história, o caso se deu assim: naquele amanhecer, resto de sono ainda rolava algum, banzeiro. No jirau rude, largando suspiro de paixão guardada, Dandara se mexeu. Logo, esparramando os dedos de um pé, levantou um pedacinho, de popa, e um taco de coxa asseada clareou no descuido da nudez. Dentro do sono mesmo, Dandara se lembrou dos meninos dormindo na alcova de dentro. — "Não fosse um deles se erguer para urinar..." — Na graça, a mulata se cobriu com as alvuras dos panos.

Preguiça tomou conta de novo...

Nisso, foi o fim do mundo mas antes de narrar tamanha desgraça, carece contar por miúdo os passados de Dandara.

83

Embora parida de preta cativa, uma cabinda chamada Nossunga, a mulata era sobrinha do dono de tudo ali e tinha seus luxos e mais quem zelasse por ela.

Os meninos sabiam que a prima não era negrinha de quebrar coco. Não era rês para ser coberta, na safadeza, atrás de algum pé de pau.

Sabiam e respeitavam.

Não que fome dos dentros não atenazasse as ideias, principalmente quando o calor, na quebrada das tardes, dava de rescender pecado no corpo da mulata e puxar sangue novinho nos baixos dos novilhos; não que a noite, amortecendo a labuta do corpo cansado, não se abrisse na carne sadia de Dandara como canafístula para largar perfume de vida nos aléns da mataria; não que... mas a pisada era na obediência e na apavoração que Zenóbio Baracha, o tio materno "não tendo havido filhos legítimos do leito conjugal", conforme constava dos papéis de então, queria um bem enorme àquela menina da boca bonita na facilidade dos risos.

84

Quem conhecendo raça de povo ignora que negro rude é trem lerdo nas aparências? Pois o que se deu em Piancó naquela noite da desgraça, mal a mulata fechara os olhos de novo (os meninos na cabeça) deitada no jirauzinho cheiroso lardeado de macela-do-campo, seria para empicotar até mesmo um tipo perverso como Fernão Carrilho, sem dúvida o mais destemeroso dos capitães-mateiros já aparecidos no outeiro da serra Barriga.

A miséria foi assim: mais de repente do que de repente, flechados na rapidez mais desconforme que já se viu, setenta quilombolas surgiram dos assombros, bem junto ao rampiado do Cucaú. Primeiro, setenta carapinhas se ergueram do chão, nos mais falsos vagares; depois, estourando a quietude daquela noite melada de luar, como jagas — mas jagas desesperados —, a camorra comandada por Amaro e Pedro varreu o povoado num incêndio vivo como fogo de raio em mata seca.

Moradores mortos ficaram dezoito, começando a contar por Natalino Generoso (com o bacorinho metido à pura força nas entranhas); seu cunhado Zenóbio, moço garço, pai de Dandara e dos olhos verdes da mulata, mais os dois filhos do dito Nhô Bi (os meninos que, no sono, a mulata botava sentido apagado), tudo povo carrasco de escravo que, bem verdade e com o perdão de Deus, mereceu demais aquela rasgação de bucho.

No clarão da carreira, os negros nem trabalho deixaram ao inimigo de se levantar para tomar ferro nas tripas: sangria foi mesmo efetuada dentro das camarinhas...

Assim como chegaram, os rapinos tomaram sumiço nos ventos da surpresa. Apenas a maquinação do porquinho para recheio do gordo Nhô Bi demorou uma coisinha.

Também demorou para achar uma agulha e, mal-e-mal, coser tamanhas enxúndias...

85

Dia abrindo e os saqueadores se recolhendo às seguranças dos quilombos palmarinos pela estrada do Patolé. Traziam açúcar, cereais, pano, ouro e um abraçado de negrinhas para o gasto dos guerreiros do Rei. Pelo visto, Nhô Bi era tão rico quanto a pessoa do Governador!

Foi assim que Dandara, acochada pela cintura na montaria de Pacassá, olho pregado nos futuros em fagulhas de raiva, dentes branquinhos arreganhados nas vontades de morder (o Cabeceira trazia sangue no dorso de uma das mãos...), chegou na aldeia de Ganga-Zumba para encher de arrelia um reino já, sozinho, tão arreliado...

86

Nome de Dandara nasceu do fundo das eras mais profundas do que o mar.

Velhos manfus contavam que, no tempo em que a grande cachoeira ainda pertencia ao poderoso N'Gombe, existiu uma orixá de peitos sempre pejados chamada Dandara.

Um dia, a orixá, famosa caçadora de rinocerontes, acuou num tenebroso socavão da floresta de Ogum uma presa acompanhada de cria nova. Percebendo que o pequeno animal tinha fome, Dandara largou por terra a lança afiada, agachou-se e aconchegou-o aos peitos fartos mas, enquanto o amamentava, a fêmea enfurecida investiu, matando Dandara e a própria cria.

Os manfus sabem muito bem que a floresta de Ogum é a cachoeira da vida; a fera bravia representa a turba de todos os homens e mulheres que Olorum largou em cima da terra; Dandara, a caçadora, é a figuração dos gestos maus e bons, porém nunca acertadamente compreendidos daquela turba aflita, e, por fim, o rinocerontezinho gerado por ela e morto pela incompreensão de um gesto, mostra simplesmente a continuidade das coisas na intolerância dos meios.

Por isso, o nome de Dandara nasceu do fundo das eras.

87

Foi o sol empinar meio-dia e a cavalhada do salteador Pedro Pacassá romper no terreiro da capital negra, berrando vitórias (Dandara segura nos braços do Cabeceira-Maior da expedição).

Velha Sabina estava esperando resultado. O plano tinha sido dela e de Amaro: um mês antes, a velha havia descido sozinha até Piancó com parte de tirar umas esmolas. — "Meus branco — pedia, voz encafuada na miséria —, meu sinhô, dê uma esmolinha pra negra sem dono... Negra sem dono foi roubada de Olinda por essa pesta de quilombolas... Negra sem dono, meu sinhô, fugiu daqueles sujos que quase lhe toraram essa perna... — Sabina levantava a saia. — Negra sem dono mata a cobra e amostra o pau! Assunte vosmecês nessa perna... apois foi o Reis em pessoa que me acertou de azagaia... Eu, que m'importou? Arribei sangue puro... Dê, meu sinhô, dê sempre sua esmolinha pra negra sem dono. — O olho de Sabina varava tudo na catação dos interesses".

Sabina viu o que quis e ficou ciente que aquele mundo de defesa que diziam existir na fazenda de Natalino Generoso só existia mesmo na cabeça variada de falecido Salé. Na prática de coisas de guerra, Sabina calculou (comendo o caruru que lhe deram por uma caridade) que setenta negros seguros no passo bastariam para um esbagaçamento em condições.

— Lá, encontrei uma mulata — Sabina alertou Amaro — boa pra ajudar Izidoro nos trabalhos.... Essa mulata foi quem me deu o prato de jimbolô... Os cativos da benfeitoria — a velha guerreira explicou mais — é que não prestava nenhum. Nem pra guerreá, nem pra servir de escravo nos quilombos.

Tudo negro desgastado na fidelidade dos anos. Também — terminou o relatório — tudo trem fácil de morrê e não havia de empatar a empresa como, de fato, não empatou.

— De negrinhas é que tinha um apanhado bom de trazer.

88

Quando terminou a zoada das boas-vindas e o recado de muita satisfação do Rei foi transmitido por Mambira, um urubá de cara cortada que exercia, agora, as funções de boca e ouvido do Rei em lugar do fiel Baltazar, Zumba mandou que se distribuísse as negrinhas e os trazidos com os guerreiros, de acordo com a vontade e a justiça de Amaro, negro valente, feito Cabeceira-Maior de recém, pelo seu tino manifestado na primeira guerra enfrentada por Ganga-Zumba já no Poder Supremo dos Palmares.

Enquanto o Rei conferia pessoalmente o apartamento de sua dízima no saque, com exceção do ouro que era todo da Coroa, deu de olho nos mistérios topados na boca zangada de Dandara que excomungava desespero.

Zumba largou a conferição e mandou, com um gesto aflito, Mambira colher a mulata dos braços mordidos de Pacassá.

Já inteiramente exausta, mas não rendida, se debatendo no protesto contra o rapto, Dandara recrudesceu nas vontades de reação quando o escravo a apeou da sela do Cabeceira.

Enquanto Mambira tentava imobilizar-lhe as pernas selvagens na mais quente nudez, Dandara largou-lhe tamanho tapa-ventas que foi preciso o próprio Rei ajudá-lo a readquirir seu equilíbrio. Mas a proximidade real foi o bastante para que a mulata terrível não perdesse a ocasião de mais hostilizar seus captores: os dentes dos mistérios topados pelo Rei na beleza da boca irada, cravaram-se-lhe num ombro com tamanha impetuosidade que Zumba largou-a no chão:

— Fía dum corno!

Livre por fim, Dandara tentou uma carreira mas a juventude do Rei agarrou-a antes do salto.

Apenas dessa vez, Ganga-Zumba agarrou-a para valer. Totalmente imobilizada na força bruta, o Soba levou-a para dentro do último mocambo palaciano.

Ao cair da noite, todo riscado das unhas indomáveis da mulata, Zumba deu ordem a Mambira para, no passo do costume diário, esvaziar o palácio, expulsando os homens de dentro do cercado na batida do chicote e recolhendo as mulheres reais à cubata geral, também por fora da cerca sagrada.

Todas, inclusive Cipriana — foi a ordem.

Pela primeira vez a ialê predileta era mandada pernoitar longe do Rei.

Mas foi inutilmente que Zumba tornou ao mocambo dos fundos: Dandara enrolada no chão, dormia feito morta, e o Rei, caçador rico em tretas, não fazia gosto em caçar nhambu agasalhado no poleiro...

Por isso, agachou-se, apartou os cabelos de cima dos olhos da mulata, cobriu-lhe os pés sujos com um trapo porque depois de muita luta o sangue sempre esfria demais, e deitou-se também aquietando fervuras acordadas.

89

Fora da cerca, ventas infladas pelo descostume, Cipriana sorveu com sofreguidão a fragrância da noite.

Afinal, aquilo representava um pouco de liberdade. Desde que se encerrara no palácio como ialê preferida, Cipriana nunca mais tivera oportunidade de ver a noite ao ar livre.

A negrinha foi a última das ocaias a sair da câmara real. Propositadamente, deixou-se ficar para trás das companheiras pouco interessadas na preterição, simples rotina palaciana. Qualquer delas, em algum tempo, fora também uma ialê predileta e, vez por outra, as mais novas eram chamadas ainda para pernoitar com o Rei.

As mulheres atravessaram o terreiro na algazarra e recolheram-se à grande cubata destinada ao abrigo noturno das eventualmente rejeitadas.

Seriam quarenta ou mais, algumas porém já eram tão velhas que tropeçavam nos escuros de fora.

Vagamente, vagamente, Cipriana considerou que, um dia, ela própria seria uma daquelas sempre repudiadas, embora das mais novas.

Depois, sem desgosto, via-se transformada em feia corumba tropeçando nos escuros da noite, vivendo apenas para fazer número de glória para um outro Rei — quem sabe? —, cheio de negras cheirosas de cassuquinga e pau d'Angola; de macacaporanga e piprioca; de camomila...

Então, cabeça alvinha, a vida de Cipriana seria a de mais uma simples miçanga de poder e de mando para um Soba poderoso exibir ao povo nos parados do tempo, entre as guerras, só o que, de vez em quando, sacudia um pouco os impossíveis daquela morrinha palmarina.

Então (era uma grande maçada!) havia de encarreirar seus últimos dias cochilando dentro do cercado real, pitando seu cachimbo de barro cozido, a venta apoiada nos joelhos, a baba correndo, só saindo para dormir mais na cubata de fora, o único passeio permitido às mulheres do Rei.

— Era vida, aquilo?

A derradeira ocaia entrou pela porta escura do abrigo. Cipriana se demorou, sem fazer caso da fiscalização de Mambira:

— Corumba! Eu é que não vou esperar tempo de ficar velha assim pura. Danou-se!

A carne novinha não estava ali, matacos gritando presença?

Não estavam ali, quartos azeitados de mocidade, doidos por uma xiba bem tirada? Tudo pra quê? Pr'aquele molenga botar no mato quase sem tombo de serventia? Era pra isso que o Cão a tinha feito virar sua ialê? — Referia-se a Ganga-Zumba, sempre muito ocupado com as coisas do reino em eterna fase de reorganização, sempre às voltas com Ganga-Muiça, Amaro, Sabina e, ultimamente, com aquele pedação de negro chamado Tuculo, Cabeceira da distante Cerca de Osenga.

Para certificar-se da evidência das insatisfações de seu corpo lavado em descaração, Cipriana, já distanciada do terreiro, ergueu os corninhos dos peitos muito negros e muito rijos nas pontas dos dedos como se os dedos fossem biquinhos de tatanaguê mostrando caminhos de vadiação.

Não estava ali, moleca ainda, pedindo macho quantas vezes Obatalá, com seus dois sexos imensos, quisesse lhe fazer a bondade de dar?

Não estava ali? — Cipriana caminhava enquanto fazia suas inquirições. — Não estava ali, sempre banhada em ervas de cheiro (sempre banhada, São Raimundinho!) e já largada por enredos de briga de branco, largada por outra mulher roubada dos brancos? A negra revoltou-se mais:

— Que matungo de Rei era aquele que, com tão pouca idade, sangue fervendo por dentro do couro, se arria com as serventias de uma negra só?

De longe, olhou o cercado com vontade de voltar, de forçar entrada, de morrer brigando que nem homem. Bambeou os olhos para o lado onde as companheiras já deveriam estar descansando da labuta de não fazer nada, apartadas de desejos, fora de luzolo de Rei-Mambo...

Por fim, Cipriana resolveu descer pela estrada que ia ter ao leito do Mundaú, lá embaixo no valado bonito.

— M'importa lá! — E sacudiu o punho em direção à aldeia.

Realmente, pouco lhe importava que o passeio da Liberdade tivesse seu preço no sangue e na morte: o que não queria era virar corumba, tropeçando nos escuros da noite...

90

Hora passada, Cipriana rompeu por detrás de uma moita de canudos, as flores roxas muito singelas vergadas nos caules como bocas em busca da maza da correnteza para saciar uma sede feita de poesia.

Foi aí que a negrinha descobriu e ficou apreciando nos silêncios um negro solitário caçando seus pitus dentro do luar pequeno.

A fartura de folhagem garantia o segredo na negra já nuinha para o mergulho refrescante.

Pernas metidas na cheia do rio até o grosso das coxas o caçador vigiava sua ruma de velhos ossos de canela de boi, submergidos paralelamente em toda a extensão da curva das águas.

Volta e meia, o homem se abaixava e fechava com as mãos ligeiras os dois orifícios de cada osso. Erguia-se e tirava do oco do tutano um pitu maior ou menor, conforme a sorte.

Daquela vez, calhou um bicho graúdo. O negro solitário agarrou-o pelas longas barbas e voltou-se a fim de colocá-lo na grampela já quase cheia deles.

Ainda agachado, poupando movimentos de fadiga, seus olhos deram com aquele pé desaforado, procurando arrelia, balançando a vasilha pela borda.

O negro, sem levantar os olhos, segurou o dedão, correu a mão por todo o pé e subiu para o tornozelo fininho onde sentiu a malunga de ocaia do Rei. Não se apavorou contudo. Foi levantando os olhos na descrença.

Parou na barriga preta, nos cones dos peitos, nos dentes alvinhos de esmalte e de lua. Estacou nos olhos raiados pela sede de Liberdade.

Cipriana se riu no descaramento. Perguntou:

— Tu chama como é?

— Diogo. — A mão foi subindo no seguimento dos olhos. Cipriana fez que não percebia.

— Tu também faz guerra?

As narinas da negra inflaram-se mais nos cheiros da noite como se percebessem, elas também, uma relação entre Guerra e Liberdade.

Entornada, a grampela espalhou os pitus num esperneio fervente. As mãos de Diogo colearam no ventre intumescido de Cipriana.

No chão, o sombreado movido das folhas recortou de súbito, entre os pitus espalhados, o estranho vulto de duas serpentes empenhadas em luta cruel.

As sombras, em movimentos absorventes de dominação, rangiam esmagadoras na areia grossa, molhada, sempre protegidas pelo fusco pesado da noite de pouca lua.

Passados os primeiros momentos daquela bárbara luta, eis que as formas negras começaram a se fundir em um só corpo, largando-se em contrações dolorosas e brutais. De espaço, paralisavam-se para inocularem-se de novo, sorrateiramente. Por fim, vindas das extremidades, as contrações se renovaram num crescendo em frenesi até morrerem de uma vez no centro do grande nó.

— Obatalá e Odudua!

Deitados na areia, em absoluta imobilidade para a trégua provocada pela exaustão completa, o queixo pontudo de Cipriana parecia estar apunhalando uma jugular do companheiro.

— N'Gô! N'Gô!

De muito longe, chegava até eles, em doce surdina, a monótona música da mata. Pelo ar, espalhava-se um cheiro acre de posse dentro dos mil cheiros da noite. Então, as serpentes de sombra recomeçaram em suas patéticas ondulações de mútua deglutição, num crescendo de sinfonia...

91

Quando o vento do mar começou a pratear as franjas mais altas do palmeiral nos primeiros claros da manhã, Diogo e Cipriana haviam ganhado seu mundo, era de hoje!...

Na beira do rio, só ficou o fervilhado fundo dos pitus (libertados por fim), as moitas de canudos com suas flores roxas vergadas nos caules como bocas em busca d'água e o revolvido sangrado das areias...

Gosto de recaptura daqueles dois idos fugitivos da Justiça das Vinganças foi trem que Ganga-Zumba jamais provou nem mesmo nas venturas de um sonho.

OFERENDA DE DANDARA

Oferenda da guerra
aos pés que dançaram a dança do sangue,
sagrada,
no outeiro Barriga, sagrado, dos sangues
— "Até muito em cima..." — Ogum avisou.

Oferenda da guerra aos pés do Rei-Bá,
do Ganga-Maior dos mil uantuafunos vassalos e escravos
bantos e nagós.
Oferenda da guerra aos pés de Zu-Rei das mil ialês
de peitos em cone,
pretinhos,
lustrosos,
de pedras de ogó;
de peitos em pontas mostrando caminhos,
sungados no bico da Tatanaguê...
Ialês de ancas novas,
xendengues, miúdas,

cabelos de ouro em palheta lavados,
suadas na xiba
das guerras sem fim...

Oferenda da guerra, mironga da lua
na luz das estrelas,
no ibá das mucamas pra angana cufar,
na baba de N'Gombe,
nos tantãs da mata,
nas nuvens dormidas... — Ogum avisou!

Ogum avisou que o dia era alvinho,
que a noite era escura e vinha depois...

Oferenda da guerra aos pés do Rei-Zumba dos miles guerreiros
Ogum avisou que o dia era sol na serra Barriga-quilombos-
[Palmares;
que a noite era escura;
que as guerras são muitas;
que a lança alumia;
que a morte é uma só.

Ogum avisou que o branco é perverso,
que o branco precisa,
carece morrer!

— "Libambos torados,
partidas argolas,
o tronco arrancado,
queimada a chibata,
sumidos os ferros... — canhengues de Exu"

153

Oferenda da guerra aos pés do Rei-Zumba dos miles guerreiros
libertos... bonitos...
(as guerras são muitas!)
Das miles vitórias...
(a morte é uma só!)
Das miles malungas,
malungas trazidas da terra comida nas ondas do mar;
das terras babaças de Angola e Luanda,
da terra cabinda,
da terra zulu,
de todas as terras dos longes do mar...

Oferenda calunga da guerra sem fim!
Oferenda da guerra no sangue mobica:
— "Sinherê, Olorum! Cem anos de guerra na serra Barriga,
na serra Barriga-quilombo-Palmares...
Cem braças de morte,
cem cordas de fogo,
cem léguas cercadas de cavas, andainas, torneiras e fojos,
de estrepes ocultos na brenha-dendê,
cem léguas cercadas de fortes redentes nas selvas-quilombos...
— "A morte é uma só!"

Oferenda da guerra nos campos aringas:
— "Opelé tá chamando
batendo adarrum no urucungo do Rei!
Opelé tá fazendo caborje no mato,
dançando alujá..."

Oferenda da guerra, cafanga de branco, do Terço Paulista
— "Só quem pôde mais..."
Quimboto falou,

perdido na serra,
na voz-rum-tambor:
— "Palmares! Palmares! O Reis se findou!
Dandara, sá dona, mucaji de Ogum,
Iansã dos outeiros da serra dos sangues,
Dandara, mulata, dos dengues rasgados do Ganga-Sinhô,
Dandara bambula, o Reis se findou!
Batá-Cotô ficou mudo,
mudo de doido,
de doido sozinho na selva-dendê,
na selva-dendê o Reis se findou!"

O Reis se findou,
o corpo moído, jogado da pedra, juízo em Dandara, o Rei se
[findou!

Oferenda da guerra caída da pedra nos alvos da morte,
o sangue talhado no adeus da mucaji,
no adeus de Dandara, mulata de Ogum.
Mucaji bambula no adeus do Rei-Zumba:
— "A guerra, Dandara,
a guerra, meu povo,
a guerra
acabou!

Terceira Parte

"carapinhas de ouro!"

... e numa grande clareira aberta nas virgindades do outeiro sagrado, ZUMBI DOS PALMARES banhava com reluzentes palhetas de ouro as carapinhas assanhadas de suas negras quilombolas de peitos cônicos e pés solados pelos caminhos cruentos da Liberdade. — Desensilhando a besta boa de andadura no alpendre da fazenda do Piancó, naquelas lonjuras desertas perdida, irmão Jesuíno contou enquanto a noite, comendo solta os últimos claros da mata, apagava lá longe as lombadas misteriosas da serra Barriga...

92

Na época em que os muçambés se assanham na floração alegrinha é, simplesmente, o começo do inverno.

No Nordeste, inverno é o tempo bom que chega com as primeiras lapadas d'água. Então, não é só o muçambé que se enfeita. As mungangas dão de engrossar pescoço nas nativas aboboreiras para o amadurecimento gostoso; vento miúdo sopra sazonamento nas frutas silvestres (os umbus amarelam, as mangabas, os muricis... o pega-pinto adoça nas raízes) e aquele chão todo dá de ficar faceiro pra valer.

No inverno, os moradores contam coisas que só podem acontecer mesmo por muito milagre de Nosso Senhor. Dizem (só pra dar uma ideia do tamanhão das mentiras) que feijão plantado brota, floresce e pende em vagens verdinhas numa única noite! Para que isso aconteça basta que a serraria adormeça de véspera num fumaçado cinzento de chuva...

— Quem acredita?

Povo diz que onde, pela manhã, bruaqueiro transe de pés enxutos, chovendo na volta do meio-dia, já na boquinha da noite, boi morre afogado, saveiro aparece mareando de pano aberto e jatobá de trinta palmos (porque o que não falta por ali é jatobá de trinta palmos) some todinho nas profundas da alcorca correndo de recém.

— Quem acredita?

Verdade-verdade é que, nos Palmares da serra Barriga, inverno é verde-bonito sustancioso! Mataria se renova fácil.

Passarada toma chegada de barafunda, ninguém fica sabendo de onde. Água zine fresquinha por tudo quanto é rocha e fresta remota.

E não é que se veja bicho padecendo fome. Não há quem descubra jegue encolhido na miséria do morno ou do cagotilho nem gado coçando berne em cerca alheia. Não tem quem tope pé de pau (mesmo araticum que é danado de mole) pesteado de brózio, fruta bichada ou flor sem o escândalo da vida... Nem forasteiro (que é povo danado pra esmiuçar) acha broto de planta mais enfezado pela viração do tempo. Não há quem!

Febre malina é que sempre aparece alguma nos baixões mas isso é porque, em vivente de Nos'Senhor Jesus Cristo, doença é coisa de sujeição.

Por esse tempo de beleza, tanto na serra como nos vales do Mundaú ou do Tamoatá; tanto nos povoados como nas margens do velho São Francisco, é só onde se come carne cheirosa no fogo de lenha seca, se chupa fruta de um mundo de árvores silvestres, se bebe leite de cabra gorda com jerimum enxuto no pé. Por esse tempo é que onça chora de dengue nos grotões fresquinhos e cabrito grimpa sem paradeiro nas alegrias de pedra.

E é o peixe de seis palmos, a melancia riscada, o mel... e é o beiju torrado, a rapadura gostosa, a farinha...

Também é por esse tempo que muita raça de bicho miúdo, desde a muriçoca que ofende até a borboleta que agrada, se lava nas baixas sem fim ou nos alagados de água morta.

Então é que fuinho de crista-de-sangue gosta de betar ramo de jurema-de-gomo com seu bico mais ativo do que Padre na desobriga para, madrugada seguinte, voltar e sorver aquela seiva fermentada pela poeira do sereno, seiva que faz o pássaro sair voando de banda, num esborro de toda vida.

Inverno, por fim, também é tempo de arribação chegar de cambulhada. Faz gosto ver aquelas pombas castanhas, famintas, atravessando um rio, invadindo uma plantação, uma roça, um pasto, ou assentando em magotes alegres e comilões, em manchas unicoloridas, na clareira aberta lá embaixo, já na caatinga bruta!

Por isso, no Nordeste, inverno é tempo festivo para gavião se encher de vontade rapina...

93

Quando Terêncio, agora promovido a Cabeceira, avisou ao Rei que os guias de dentro, serpenteando os fossos de defesa, vinham trazendo o Capitão Fernando Carrilho para uma nova visita de pura paz (desde o Piancó), Ganga-Zumba estava entretido, Dandara nas ideias, espiando um gavião dando voltas a uma bonita canela-do-brejo, copada nos verdes, a meia encosta do morro em frente, separado do outeiro pela imponente perambeira sem fim.

No seu alarde-alardo, pensamento do Soba viajava sem intervalo, da velocidade do voo daquele gavião, traiçoeiro que nem senhor branco, para os caprichos de Dandara, mais dengosa do que mulata forra. Aquele diabo — pensava Zumba, havia de se dar unicamente na ternura! O Régulo tinha também seus caprichos. A descarada desafiava a morte a cada momento, enchendo o Rei de ofensas, de nomes sujos, de ódios.

Já fazia vinte dias do rapto e a situação ainda não tomara rumo. Nem por uma só vez, o Rei a tivera nos braços!

Se calhava beber uma caneta d'água, sempre acoitada em seu canto na palhoça dos fundos, era pelo gosto de arremessá-la, depois, no pau do nariz de seu real senhor.

O soberano não se importava com o atrevimento: o que queria era amansar Dandara nos carinhos. Sabia que uma hora havia de chegar em que Dandara esmoreceria na resistência bruta. Aquela satisfação de enjeitar os cuidados de Zumba certamente teria um paradeiro. Zumba considerou que estava até ficando mais traquejado do que moço da cidade! Com que atenção acostumara-se a agasalhar Dandara nos frios da noite, esperando cheio de paciência que ela adormecesse primeiro para evitar a reação que viria violenta! Pelas manhãs, ficava espiando a mulata xingar mil nomes enquanto atirava longe o trapo que lhe servira de coberta. Se Dandara não esmorecesse, o Rei estava decidido: mandava-a embora dos Palmares... Fosse para onde quisesse. Fosse como Cipriana... Zumba teve saudades de Cipriana, mas o pensamento em Dandara não deixou que a ideia na outra tomasse corpo de mais intensidade. Uma era a Terra; outra era a Guerra... As mulheres são sempre uma coisa: mãe Gongoba tinha sido a Morte! Zumba se aborreceu com o egungum da Morte. Largou de pensar em Cipriana, sumida nos ventos.

Avisado da chegada do visitante, o Rei ainda se demorou uma coisinha admirando a evolução do pássaro-corsário, na graça de uma volta. Logo, de seu ninho colocado na mais alta forquilha da caneleira, um bem-te-vi deu fé da presença do perigoso rapino. Abriu grito de perigo e, enquanto todas as outras aves trataram de se esconder no miolo da folhagem, o atalaia alçapremou-se na valentia dura, deu uma volta escoteira por sobre o inimigo e largou voo de desafio.

Bem-te-vi faz assim e só duvida quem ainda não viu passarinho tão maneiroso dar carreira em ave grande que nem gavião.

Dandara queimando no sexo, o Soba queria ver sangue e morte. Queria ver o gavião estraçalhar o bem-te-vi...

— Que importava lá o Capitão Carrilho já ali, cumprimentando nas humilhações, bem ao jeito dos brancos quando querem capiangar alguma coisa dos outros?... Os olhos reais voltaram para a canela-do-brejo: caçando moda de se aguentar em plano mais elevado do que o gavião, o passarinho aproveitava-se de sua maior velocidade para picar a cabeça do corsário. De quando em quando, mergulhava no vento e tacava o biquinho duro no cangote do bicho ladrão. Lá uma vez que perdeu a vantagem da altura, fugiu ligeiro porque pregada de gavião mata até filhote de siriema! O bem-te-vi fugiu mas os habitantes da árvore frondosa já estavam livres do perigo! Naturalmente bem magoado no couro da crista e nas penas do pescoço, o gavião aproveitou-se da brecha deixada para ganhar distância de sossego.

Enquanto Zumba não perdeu de vista os dois valentes lutadores, nenhuma atenção deu ao visitante inimigo de seu povo.

Então, no rancor hostil, respondeu a saudação.

— Oi!

94

Não era a primeira vez que Fernão Carrilho subia o outeiro sagrado.

Anos antes, ainda no trono o falecido Zambi, o agora Capitão fora incumbido pela Administração das vilas circunvizinhas de levar mais uma Entrada contra os rebeldes palmarinos.

Ao chegar às macias hospedagens do Piancó, Carrilho foi topando com os melhores votos de boas-vindas e feliz êxito

na empresa, mas essa acolhida que lhe foi dada na fazenda —
uma das razões da ira de Sabina e consequente saque levado a
efeito, mais tarde, por Amaro e Pedro Pacassá — não trouxe
ao interesseiro oficial qualquer lastro de ouro.

Assim, sem outra recompensa além da boa hospedagem
até para as mulas cargueiras e, por outro lado, não tendo sido
bem ajustada a paga das Administrações, o bandeirante se
aborreceu e conseguiu naquela ocasião, como estava alme-
jando repetir agora, um encontro discreto e lucrativo com o
Rei dos Palmares.

Destemido, também daquela vez arregimentou entre os
homens de sua tropa apenas seis reiuneiros de muita confian-
ça e, nos cúmplices escuros da noite, subiu a estradinha dos
sanguinários quilombolas, estuando decisões.

Lá no alto, lua murcha, talhada à feição para sujas muam-
bas, Fernão Carrilho foi recebido pelo soberano (então, o faleci-
do Zambi) com quem parlamentou por intermédio de Baltazar,
o boca do Rei.

Da conversa, partiram os três para o lado de fora da cerca
real onde alguns negros escolhidos sob o comando do mulato
Amaro e do fulo Terêncio já os esperavam.

Logo os homens de Carrilho também ajudaram a armar
uma extensa fogueira com bastantes manojos de mastruço verde
para levantar fumaça gorda, de apresentação nos longes.

Balançando sem parar seu pachorô pesado de muges bri-
lhantes, o medonho quimbombo Izidoro fiscalizava o traba-
lho, cofiando sua barba enrolada e suja.

Após voltear toda a aldeia segurando distância das malocas
de palha-catolé (trem fácil, fácil, de tomar fogo somente na
quentura do vento) a fogueira foi queimada em vários pontos
por Jacainene, a dançarina do Rei. A bata larga de muginha

esvoaçando na carreira, mal-e-mal ocultava-lhe o seio fundo entre os soltos peitos.

Os passos riscados da negra, de fachos acesos nas mãos, eram marcados pelo adarrum batido nas puítas enquanto roucos marimbaus indicavam as quinas já assinaladas pelo pemba do oluô Izidoro onde a moça das coxas finas devia atear o fogo da treta.

Quando Carrilho se retirou com seus reiuneiros municiados, tinindo por dentro da larga faixa do cinturão, paga bem mais farta do que a das Administrações, já deixou ardendo feio aquele mundo de chamas.

Parou mais embaixo para a recomendação enérgica:

— Ouro tanto assim vosmecês não hão de ver em dois anos de serviço prestado a El-Rei! E, tomem nota: serviço sem perigo de ofensa! Agora, é gozar a primavera como no Minho e tomar boa consideração com os dias que, a cada um, falta viver. Falar em novidades, só pode dar em encolher saúde. Vosmecês percebem o que lhes digo? Ou percebem agora ou percebem mais nunca! — E desceram todos num feliz acaba-viagem.

Hora passada, no aconchegado alpendre de Natalino Generoso, os guerreiros da Paz tomavam sua caneca de gonquinha refrescante antes do sono gostoso, largado, desimpedido...

95

Dessa nova visita, porém, Carrilho começou por estranhar a fazenda saqueada e destruída. Depois, estranhou o novo Rei. Estranhou tudo, mas fez sempre sua proposta de paz.

Explicou que luta não prestava nem pra soldado quanto mais pra quilombola escondido em seu bem quieto.

De astuto, não fez alusões ao incêndio de Piancó.

Jurou que mal não desejava, e nem tinha de quê, a negro algum. Ele mesmo — contou maneirando — nunca tivera um escravo! A uma negrinha que herdara de um amigo, forrou dia seguinte à posse, na satisfação de fazer um bem. Agora mesmo estava ali pensando que as guerras do Sargento-Mor Manuel Lopes, de Freitas da Cunha, de Cristóvão Lins, tudo fora uma estupidez sem tamanho:

— Sabe, sô Rei, o que é feito daquele povo? Daqueles que não morreram? Pois pode crer! Anda tudo no porto do Recife pedindo suas esmolinhas pra comer e pra vestir que o Governo só quer lambança de monopólios!

Zumba escutava calado como se ainda estivesse apreciando, lá muito longe, a muxinga do bem-te-vi no gavião rapino (juízo em Dandara).

Ganga-Zumba não sabia o que era monopólio. Nem queria saber. Queria era lambuzo de amor.

Carrilho prosseguiu já mais seguro em suas palavras, tomando a quietação do Rei por aquiescência bruta:

— Guerra pra quê? Me diga, sô Rei, guerra pra quê? Sô Rei não me leve a mal, mas eu, tapando a boca daqueles infelizes que ficaram lá embaixo ajudando no comando da tropa... As praças, não! — Ressalvou o bom comportamento de seus soldados. — Os índios muito menos, que os coitados com dois golinhos de cachaça pensam em guerra lá o quê! O diabo da ambição é o segundo comando do Terço! — Exclamou o militar, acusando seus subordinados diretos como os grandes venais da Entrada. — Depois... — ameaçou diretamente — sô Rei, me desculpe, mas vou lhe falar como, há tempos, falei ao falecido Rei Zambi (e Terêncio está aí para não me deixar mentir): se a coisa não der ponto eu, mesmo morto, deixo um bocado de povo e arma boa demais da conta dando trabalho a seu reinado. Deixo arma de fazer medo e torar pé de serra de meio a meio! Deixo tanta da arma como de ouro sô Rei tem guardado... Ouro bom!... daquele de tapar muita boca enxerida...

Carrilho falou e ficou olhando na petulância. Tinha sua fama de feiticeiro. Ele mesmo gostava de contar que fora concebido em dia de temporal pesado quebrando um bocado de raio na crista da serraria. Por isso, blasonava com muita razão, era só quem sabia governar seus tapuias na cachaça e nos presentes de facas de ponta da mesma forma como governava seus brancos no grito e no dinheiro.

Carrilho também era homem especial para organizar uma bela praça de armas com cercas e tudo; era conhecedor porreta de trilhas; sabia soprar um bujamê na doçura ou pinicar na rosa de uma viola a modinha mais dengosa nos compassos... Carrilho sabia de um tudo!

Mas, desconhecendo tanta da validade, Ganga-Zumba estava pensando seriamente em arremessá-lo no fosso das serpentes-de-guizo onde havia cada bicha mais grossa do que um braço gordo de fêmea.

Zumba estava pensando que bastaria um gesto apenas esboçado para que Mambira, o fiel sucessor de Baltazar no sombreado do tronco, acabasse um serviço de apresentação naquele atrevido. Zumba estava pensando nisso quando, de repente, sua atenção se largou do fosso das cobras, se largou de Carrilho, de suas ameaças e de seus soldados para visitar Dandara, na pura humildade, sempre recolhida em seu mocambo onde ele próprio, com suas próprias mãos, botara um bonito guritão de zuarte novo, amarelo toda vida, sobre a matulinha inútil onde a mulata jamais se deitara.

E Dandara não cedia! — Pensava o Rei. — Por quê? Teria o coração preso a algum nambo dos sangrados por Pacassá lá no Piancó? Dandara era bonita... Dandara havia apagado para os sonos definitivos toda a lembrança de Cipriana... Onde andaria Cipriana?... Aonde anda o seu luzolo, Dandara bambula? Dandara...

O aventureiro provocou fim de conversa:

— Pois sô Rei, não é melhor assim? Não é melhor a gente ajustar a coisa na festa da Paz?

— Dandara... Dandara bonita! — Pensava Zumba mas, interrompido pela voz de Carrilho, irritado, reconsiderou: com um dedo, chamou o escravo e deu suas ordens.

O Capitão não entendeu a língua abafada mas, atrevido, não se inquietou. Ficou olhando na direção dos penhascos afundados no outro lado do terreiro.

De passagem, havia visto muito bem aquelas profundidades. Carrilho estava precisamente avaliando distâncias quando afinal Mambira ordenou-lhe que se recolhesse à cubata da Justiça enquanto Zumba conferenciava com seus Cabeceiras presentes em Andalaquituxe.

A conferência durou quase hora. O primeiro a sair foi o Rei. Saiu e se recolheu apressado, desfeito em saudades, ao tugúrio onde Dandara o recebeu na afronta grossa.

Tuculo foi o último dos chefes a deixar a sala do trono. Vinha carregando três sequitéis, cada um de mais ou menos sessenta onças de ouro fino.

Tuculo e Mambira aproximaram-se de Carrilho e, sem dizer palavra, entregaram-lhe a paga do sossego.

O Capitão sobrepesou na palma das mãos os sequitéis. Franziu a boca na comisura dos lábios representando descaso. Ia para reclamar, quando a voz de Tuculo saiu arranhando asperezas:

— Tá pouco? — A pergunta não deixava vão para discordâncias. Os olhos brilhantes, miudinhos, queimavam cruezas e a mão que entregara o ouro, secava nervuras no cabo da faca.

Acompanhado de forte escolta negra, repetindo no êxito a primeira visita, Carrilho tomou seu regresso na paz desconfiada de mil olhos raiados de sangue e de esperas vingativas.

... apenas nas destroçadas ruínas da fazenda do Piancó não havia mais o aconchego de um alpendre onde de volta o militar pudesse tomar uma binda de gonquinha fresca.

96

O bivaque da força levantava-se exatamente na área outrora ocupada pela bonita casa-grande de Natalino Generoso, casa-grande onde Dandara zanzava outrora, bonita nos panos da Costa que o pai lhe trazia nos dias de festa do porto e de Olinda.

Fora, no chão, ainda se via o lajeado em que os animais faiscavam as ferraduras de luxo no granito português.

Quando a noite avançou nas horas, Carrilho e seus companheiros de excursão tomaram chegada.

Repetindo a tática do incêndio de Andalaquituxe, fogueiras fumeando em rolos espessos, começaram a dar rumo de tranquilidade lá nas grimpas da serra, como promessas confirmadas de guerra gorda.

Retirando cuidadosamente a coifa da escorva de sua escopeta para esvaziá-la do traiçoeiro fundango de fabricação negreira — já que até a pólvora da Corte, a sovinice das Administrações havia subtraído da paga ajustada —, Carrilho explicou:

— Negros miseráveis! Fogem da luta! Efetivamente, senhores, os negros fogem à luta! Grandes poltrões! Covardes! — O oficial não poupava exclamações que representassem ao vivo o resultado do próprio destemor. — Quando lá cheguei, entre muitas cautelas, é claro... só consegui apreciar a grande fuga dos covardes após incendiarem seus mocambos, suas plantações de em volta! Agora, só nos resta...

— Subir a ver os estragos! Talvez consigamos alguma coisa deixada... alguma pista. Ora, já qu'estamos aqui após tantos trabalhos e canseiras, o melhor é dizimarmos de uma vez a cáfila imunda!

Carrilho sobressaltou-se. Reconhecera muito clara a voz do Governador oculto no sereno. Com efeito, João da Cunha Souto Maior, havia chegado em seu encalço logo depois que ele abrindo-se em belo ato de bravura exigiria subir apenas com seus poucos reiuneiros o outeiro negro, numa exploração absurda.

A explicação das fogueiras (assim bonitas vistas do Piancó destruído) não convenceu o Administrador-Geral já alertado por carta do reino contra a maroteira de seu subordinado.

Mas Carrilho, mateiro experimentado, não se desconcertou da interferência oficial: com um piscar de olho, afogando surpresas no íntimo, indicou ao Governador a várzea em baixo como sítio propício para uma conversa reservada.

Sozinhos, entre o coaxar dos sapos nas lagoas desertas e os longínquos uivos dos guarás famintos, os dois militares passeavam de lá pra cá.

— Vi tudo! — O Capitão detalhou. — Arrastando-me nas ervas como as cobras, cheguei suficientemente perto para ver. Os nossos ficaram de espreita na vertente. Então, eu vi alguns negros dançando ao som de seus bujamés soprados de leve enquanto mais outros queimavam suas palhoças e hortas, fugindo depois pela descida que vai ter à caatinga... Agora — ressalvou prevenindo desmascaramentos — é possível que tudo tenha sido mera trapaça para nos enganar... Os negros, é sabido, têm espiões por toda parte... talvez neste momento estejamos aqui espionados pelos tratantes... Enfim, esperemos pelo amanhã!

Souto Maior pensava calado, fumando seu moderno cachimbo de pau-raiz.

Pesados no talim bordado de Fernão Carrilho, os novos sequitéis, mais volumosos desta vez, ardiam-lhe receios na carne:

— Se exagerei algum pouco em minha informação, Vossa Mercê há de me perdoar, foi para bem manter o Terço tranquilizado, visando a um ataque fresco pelo rosado da manhã. Para guerra de caçada por dentro dos matos, como será a nossa, nada melhor do que a luz do dia, percebe o senhor Governador?

— Sim! — O Governador percebia. E tanto estava percebendo que exigiu do subordinado o ataque imediato:

— Vamos já, Capitão. Dê suas ordens à tropa!

— E Vossa Mercê... vai também? — Espantou-se o militar.

— Claro! E por que não? — O dedo enfiado numa narina, Souto Maior pensava muitas coisas, meticulosamente.

— É uma loucura! Um Governador a misturar-se com negros... a derramar sangue... É uma loucura!

— Vamos, Capitão, dê suas ordens! — Souto Maior sempre esgaravatando a venta, impacientou-se. — E se as não der, Capitão, dou-as eu!

Carrilho pretendia o descanso da noite para, retardando a presença da tropa no outeiro, forjar uma solução ao problema. — Quem sabe não poderia mandar um aviso de emergência a Ganga-Zumba explicando o imprevisto da chegada do chefe, de suas disposições bélicas?... Quem sabe, haveria tempo de o Rei negro atear fogo de verdade em suas palhoças e fugir para lugar de maior abrigo?... Assim, Fernão Carrilho não só evitaria os penosos trabalhos da luta (e evitaria só por preguiça porque coragem não lhe faltava), como também passaria por grande sensato ante os dois chefes inimigos: do negro, salvaria a pele e o povo; ao Governador, teria servido numa espionagem valente e perfeita. A si próprio, salvaria a palavra! Lá em cima não iriam encontrar a aldeia carbonizada? As ruínas fumegando nas desertas cinzas do chão deserto? O ouro... Bem, o ouro...

— É uma loucura mas... — pensando no ouro dos sequitéis, Carrilho repetiu e conformou-se.

Tal como Souto Maior, o bandeirante não era um covarde. Se a coisa não desse ponto, o remédio era rachar de uma vez a imponente e alva cabeça de brancos cachos do Governador e... depois, tudo seria levado em coleção como desses comuns acidentes de guerra.

— Coisas de guerra! — O pensamento transbordou-lhe pela boca.

— ... de guerra? — indagou o Governador. — Que coisas de guerra?

97

Dez minutos passados de tão delicada conversa e íntimas pesquisas (agora Souto Maior estava mesmo certo da venalidade de seu chefe militar), o Terço inteiro, espairecendo surpresas, aprestou-se nos guisamentos para a difícil ascensão, para o perigoso ataque, para a presença surpreendente dos homens brancos naqueles escarpados selvagens.

Mesmo contra a vontade de Carrilho, o Governador exigia o ataque ainda dentro da noite mas, apesar da pressa, embora peada pela infinita cautela tão recomendada na operação, apenas o grosso dos atacantes tomou posição já nos altos do serrote, os grilos começaram a silenciar na meia-luz matinal.

Então, no fusco da aurora, o grito de alarma dos negros atalaias ecoou espanto em todas as quebradas.

Uma rajada de balas respondeu ao alerta palmarino. Mosquetes e reiunas entraram em ação rápida.

Ganga-Zumba, aconselhado por Terêncio, Amaro, Tuculo e Sabina, não havia acreditado totalmente no negócio feito com Fernão Carrilho: mandou dobrar os vigias e manter prontidão armada na vila durante toda a noite. Ele mesmo renunciou ao sono entretendo-se, dentro da cerca real, com os carinhos da parda Mussala ainda que, em pensamento, dormisse dançando alujá na cabana dos fundos, entre os braços cheios de Dandara bambula, rebelada mulata dos dengues rasgados.

98

A invasão da aldeia, sob o comando de Carrilho pisado nos calcanhares pelo Governador em pessoa, principiou tremenda.

Na ponta da cerca real, Tuculo e Amaro agarraram boa posição de defesa encruando por ali abertura da brecha idealizada pelos brancos. No meio do terreiro, Terêncio enfrentava de chefe-sozinho o peso de um ataque maneiro.

Terêncio estava sentindo falta do ausente Pacassá, seu parelho no comando. Carrilho percebeu a deficiência e largou-se do Governador.

— Prossiga Vossa Mercê a forçar por aqui que eu, mais metade dos homens, vou contornar por fora. — Logo ordenou o volteio com a aquiescência do chefe. Realmente, era perigosa a manobra porquanto a passagem havia de ser forçada por entre a resistência e a borda do precipício. Mas, que remédio? Era a solução! Souto Maior reconheceu valor no parceiro e, por instantes, esqueceu suas maroteiras. Apreciava, nos vãos das cargas, Carrilho vencer o obstáculo, preparando o ataque pela retaguarda dos negros, operação que, a si, fazia ganhar um tempinho para remuniciar as lerdas armas em geral.

Enquanto isso, os gentios componentes do Terço, embuçados na mata pois que, por plano hábil do Comandante, não tomaram parte direta no assalto à vila-capital dos negros, faziam sua guerra de longe, causando bom estrago com flechas certeiras, guaridas a preceito de bom veneno indígena.

Já muito corpo branco e negro gemia derrota na terra do chão.

Sol cresceu mais um bocadinho no céu. Foi quando, inesperadamente, de um canto da cerca visada agora pelo conjunto de forças brancas, Sabina, saltou, pés no ar, venta arreganhada pelo cheiro do sangue nos assanhamentos da morte.

Bailando assim tragédia de gestos, parecia Mãe-Zu-Feita das quatro linhas maiores de Omolu, protetor dos Palmares, em dia de segunda-feira. Parindo arrelia nos passos, a negra sura, mais ágil do que Jacainene — a bailarina das chamas do Rei —, saltava marcação imaginária de pemba-macota no quadrante dos sexos perdidos de Obatalá.

O bracelete de ferro de Ogum brilhando suores nos braços xendengues e a volta de contas do arco-íris de Oxumaré enrolada no fino do pescoço pareciam, na doideira largada dos movimentos rápidos gritando por mais morte, sungar a negra para o céu.

Abrindo esteira grossa de devastação na tropa de Carrilho, mãe Sabina entremeava suas toradas na faca pura com raivados desafios:

— Boi que não baba é aleijado. — Derrubou um granadeiro gordo. — Sujo! Quero é ver tu babar.

Uma alpercata soltou-se do cordão subindo no vento. Sabina rebuçou o pé na barra da saia e partiu para uma xulipade escorão. Depois, num Voo de Morcego, cega de raiva, deu uma banda de frente: outro granadeiro tombou sangrando pelas ventas:

— Cavalo muito enfeitado não dá ponto pra jornada!

A negra, espumando, rasgou pelas costas um muzunga:

— Em terreiro de cobra quem não anda de rastro não é gente! Peste do Cão!

Sabina livrou-se de uma estocada com um salto de banda. Logo, deu paga:

— Vá apojar a mãe, fío de resto duma vaca puba!

Corpo seco da corumba dos desesperos fora fechado em noite de temporal por Izidoro, medonho, com pau-guiné, na folha africana:

— Pedreira braba é reinação maneira de cabrito da...

Já atingido o meio do campo de batalha, zunindo nos ventos as canelas finas na sede de ferir, velha Sabina não terminou a frase. Torceu um pé, desequilibrou-se com a coronhada que recebeu de estalo no engate da nuca, embolou entre as pernas de cinco ou seis lutadores, corpo crivado de ferro, seta e bala, espumando sempre suas imprecações e ameaças:

— Pincha fogo, cumpadre Terenço. Pincha neles pra valer! — E ficou embolada com a cara para cima.

Os brancos fechavam distância em frente à cerca do Rei (Tuculo tombado, ferido nos quartos, comendo massacre, clangores ouvindo de batá-cotô).

Dentro, ardiam por fim os primeiros quilombos do palácio de Ganga-Zumba.

Anônimo em meio de seu povo (ideia em Dandara, luzindo suores no punho dos ódios), pugnando um horror com seu tacape janduim-tapuia, o Rei rachava cabeças anônimas, abria anônimos peitos, quebrava anônimos ossos...

A cubata da Justiça palmarina e a do vasto trono terminavam de arriar em cinzas. Depois, foi a vez do mocambo de Dandara esbater-se no pó, a mulatinha em brasa, os zuartes largando fagulhas no açoite do vento...

Nos buracos do cercado aberto pela guerra, dois olhos verdes relampearam verdes entusiasmos pela valentia do Rei, quando uma bala zunindo doida, doida, torou o osso da coxa de Zumba, o Rei não chegou a tombar porque Dandara, felina, os dois olhos verdes sorrindo acoitadas ternuras, a boca rasgada nas decisões de papoco, largou-se do cercado para amparar o corpo ferido, protegendo-o com o seu por detrás do mastro onde outra caveira de boi de grandes chifres alvejava brancuras ao léu bem no lugar daquela que soldado Mariano despedaçara no debique, lá longe no tempo passado.

Mesmo ferido, sentindo todo o peso do fogo e da agressão imensa dos inimigos sobre seu povo e sua aldeia, Zumba sentiu-se feliz quando, aproveitando uma estiada de bala, a mulata arrastou-o para canto menos exposto: um dobrado rude de chão na desaforada borda do penhasco.

Dali, outra estiada na borduna maluca, e Dandara, os magros dedos longos avaliando o tamanho da ferida real, rompeu silêncio de voz:

— Muene... Meu Sum Muene, agora tu finge de morto mod'eu arrastá vosmicê inté aquela moita de erva-mansa...

99

Dentro da moita, Dandara agasalhou os frios de Ganga-Zumba, amenizando-lhe a sede com jurema espremida.

Depois, sarjou com a unha uma folha novinha de saião e colocou-a por sobre o ferimento, num carinho de mãe.

— Pregada de fogo dá frio muito... eu sei! Dá sede também. Mas água mesmo, ofende! Vai chupando essas jureminhas que sempre refresca uma coisinha...

Sentindo o Rei em relativa segurança, Dandara, já de plano feito, procurou achar Tuluco, vasculhando com a seta dos olhos o encarniçado local da peleja.

Súbito, exclamou:

— Muene de nós, tu não se mexa! Tu me promete, Muene da gente?

A mulata não esperou resposta: ergueu-se no seguimento da carreira e partiu firme em direção ao mulato enorme que derribava um ror de brancos, defendendo o corpo caído de Tuculo:

— Amaro — Dandara foi dizendo —, nos'sum Reis manda tu arretirá o povo restante prá caatinga bruta. Não s'importe com Tuculo nem com os outros feridos. Não s'importe com branco derruindo o que quiser e o que não... — Agachou-se rápida fugindo de uma azagaia doida. Do solo, Tuculo, já sangrando na tripa, defendeu o golpe destinado à Dandara no ferro de sua catana e o corpo do agressor, rolando no puxão do negro, ficou imóvel aos pés da mulata. Dandara cuspiu-lhe em cima o suco verde de brotos de juá que estava mastigando e prosseguiu sem olhar mais para Tuculo morrendo do esforço, numa roda de sangue.

— ... Não s'importe com branco derruindo o que quiser e o que não quiser! — Os magros dedos longos agarraram-se ao peito glabro de Amaro. — Sum Reis está de bom resguardo de briga e não corre dano de perigo. Tu, depois, leve o povo prá Cerca do Macaco e é só! — Agachada como chegou, Dandara partiu de volta ao esconderijo improvisado, para a vigia de seu amo.

No chão, fendido por mais uma pancada cruel, Tuculo — olhos presos na corrida das pernas de Dandara — deixou de guerrear.

Não percebeu a retirada do Cabeceira Amaro. Pra quê? Com as pernas da mulata dentro dos olhos, Tuculo parou de pensar. — E não era tão bom? A cara morta parecia entornar belezas...

Dandara chegou à moita de erva-mansa. Antes de tomar a clavina das mãos de Zumba, ávidas de guerra, percebeu que as ordens haviam sido cumpridas e suspirou:

— Assussega tu também, corno! Tu quer dar direção, quer? — E terminou de mansinho, voz de ninar menino zangado. — Quer? Muene de nós, tu quer?

100

Logo, a guerra amainou. Logo também, os dois fugitivos perceberam a debandada dos seus companheiros comandados por Amaro; os gritos opressores da vitória inimiga; o incêndio total da aldeia estralejando lanhos na terra dorida.

Mais logo ainda, os dois estremeceram revoltas nos imos fundos sentindo a retirada gloriosa dos brancos em últimos alvoroços.

Então, as sombras caíram de todo.

Nos escuros tristonhos, não se ouvia mais nem o soturno gemido implorando água.

— Água!

O burburinho das derradeiras agonias apagou-se nas cinzas que cobriam o outeiro deserto de súplicas.

Colados focinhos em poças de sangue na terra coalhadas, os cães já sem casa olhavam as nuvens nos olhos dos mortos.

E entre as ervas crescidas da moita de abrigo pendurada no bambê do precipício, Zumba e Dandara guardavam o silêncio dos cães e dos mortos.

A mulata, por fora de dengues, fixava o verde dos olhos nas obstinações marcadas enquanto o Rei considerava a perda sem fim de sua capital vaidosa, penando o esparrame de seu povo valente e sofrido.

A noite foi toda assim: os dois vultos recortavam-se nas saliências da pedra, calados e quietos como se fossem de pedra também.

Madrugada encontrou o casal quase na mesma posição.

Fazia hora que não falavam (a mulata mascando seus brotos de juá).

Com o olhar banzado de melancolia, o Rei buscou aflito a luz do nascente. Então, Dandara, riscando a unha forte sarjou outra folha de puçanga para renovar o curativo da coxa inflamada.

Depois, com os magros dedos longos, espremeu muito lentamente mais suco de jurema na boca do companheiro queimado de febre, triscado de sede pegada nos lábios, na língua, nos dentros...

— Dandara, bambula, eu gosto de tu, Dandara, bonita!

— Muene da gente, assussega, Muene. Te aquieta nas falas!

E um riso desconforme rolou dos dois, subitamente, alumiando tristezas de dor e de abandono.

101

Sol rompeu por fim se rindo da desgraça grande.

Zumba despertou mais um pouquinho com a luz gritando nos olhos. — Que adiantava mais pensar em tudo aquilo? Na aldeia perdida ali tão perto? Em sua gente esbagaçada?

Tuculo, Sabina, Amaro, Terêncio, Santarém... Salé, morto de antigo. Timbaúba, Aliará, Zé Machucado, lá longe no tempo que a morte levou... Aroroba... Pedro Aroroba! — Pensou em Pedro Aroroba. — Carecia mandar buscar Aroroba no cativeiro... Precisava do velho negro para o recomeço das coisas.

Recomeço de tudo, das vontades de brigar!

Zumba estava pensando no seu reino derruído.

— A gente faz de novo...

A voz de Dandara rompeu um claro bonito nas mágoas do Rei como se ela estivesse adivinhando seus pensamentos.

— O que não falta é palha no mato, Muene de nós. É negro fugido, é grito de vida, é força de corpo, é chão pra rolar...

Quando a mulata terminou, mãos catando ternura nas mãos de Ganga-Zumba, os padecimentos do Rei adormeceram sustância de empatar o arranco do amor.

— Mulher, meu cunene dos lubambos lascados, teme sangue não! — Dandara se ria na afronta da carne. — Apois?

Antes de nós se pôs moça, se apavora com qualquer sanguinho que vê. Vai, tempo passa! aí, a gente aprende a maneirar com ele mais primeiro do que qualquer homem. Danou-se!

Já quase meio-dia, estourando naturezas na rocha sem fundo descendo vertigens, ainda agarrados no entrelaçado dos membros brilhantes de sol e suores, ferida sangrando em dores dormidas, os dois, na solidão dos mundos, no esquecimento das eras, ouviam como se não ouvissem os miados compridos das jaguatiricas fuçando farturas de sangue nas quebradas distantes...

102

Dias depois, perna amarrada no arrocho das talas de arumã. Ganga-Zumba botava tempo e riso no mato, mergulhado nos carinhos infinitos de Dandara.

— Qual! — A mulata debicava dos cuidados do Rei com seus braços magoados nas lutas da posse. — Mulher é que nem jenipapo maduro, Muene da gente: quanto mais machucada, mais doce fica! — A risada quebrava lonjuras...

103

O nome de Zumbi, escrito e falado assim com U, nasceu daqueles dias de bravura muita. Foi o povo dos Palmares que quis!

Desde então, o moleque da fazenda de Gil Tourinho, o pretinho Antão das taminas de água para os eitos perdidos, o Ganga-Zumba dos Palmares da serra Barriga, ficou sendo conhecido por *Rei Zumbi* em todo aquele estirão de terra, desde a volta grande do São Francisco até as distantes costas da Província.

Depois, fama correu mundo, viajando na boca do tempo, da terra, dos homens.

— Na boca da lenda...

Rei Zumbi dos Palmares.

OFERENDA DE GONGOBA

Oferenda da morte
aos pés que pisaram na terra sem chão,
nas luas sem tempo,
nas horas sem guerra da caça ao N'Farsa,
ao lumba dos olhos de sangue vertido na terra,
nas horas da pesca ao Zu-Jalodê
nas horas de luta... Poeira depois!

— "Ansim foi esse causo..." (ideia maneira repica nos longes
                                                                                        [passados, doídos):
O cerco, na mata, aos negros libertos,
a troca de negros por rolos de fumo,
a venda dos negros, a peia, os libambos.
o mar, o tumbeiro, o porto-malanga...
A chibata zampando gulosa nos lombos lanhados
de sangue, lavados na história sumida...
Maranduva do banzo! Dormidos silêncios,
silêncios sumidos... (— Gongoba? Te alembra?)
O pango, o tajá,

o olobó cheirosinho,
a diamba... — Que bom!
O marafo bingundo que faz esquecer...
— Canjerê! A matanga! — Oferenda da morte na terra sem chão,
no céu sem estrela (— E a estrela Pastora?),
a muanga do sangue vertido no chão,
no pó sem mais nada... sem panos nem nada...
Os ossos de fora, alvinhos, alvinhos...
alvinhos de lua...
Os dentes se rindo nos alvos da terra,
no pó sem mais nada... sem ferros... (— Sem ferros?
                                        [Gongoba?)
(— Gongoba, tá ouvindo?)
— "Ansim foi esse causo:
Zumbi... já faz tempo... já faz muito tempo, um Reis se
                                        [findou!..."

Poeira da terra,
poeira da guerra,
poeira da morte,
poeira
depois...

104

Acuã piou choro de viuvez no canavial.

Naquela manhã, ventinho de refresco penteando folhagem espalhava tanta gostosura pelos eitos lavados de sereno, mas tanta, que Deus me perdoe, parecia mais um dia nascido na estradinha de Belém, quando Cristo-menino andava caçando abrigo contra a maldade dos grandes de Roma, no lombo do burrico manso.

Quando a luz se abriu no céu, misteriosa que nem flor de maracujá, já topou a negrada da fazenda do falecido Gil Tourinho desmanchando as touceiras com a faina de costume em época de espremer cana.

Salustiano, ouvindo o pio baixinho na repetição calmosa, correu o chapéu de palha, tecido no fundo do quintal, para a nuca riscada grosso dos sujos do barro, enxugou o suor temporão na madrugada alegre e procurou com os olhos subitamente aflitos na cintilação das esperanças sempre renascidas a carapinha cinzenta de Pedro Aroroba.

Lá estava o velho agarrado ao cabo de seu facão, liso pelo fio dos anos, decepando de golpe duro as canas maduras na direta virilidade de quarenta anos atrás.

Acauã piou de novo maneirando no choro.

Salustiano sentiu dentro do encrespado do vento Pedro Aroroba crescer ideia nos Palmares.

Ninguém viu o que Salustiano estava vendo aquela hora! Ninguém viu o sorriso de vitória minando dos avessos de Aroroba...

No disfarce da labuta, o sorriso não foi para companheiro Salustiano nem para qualquer daqueles pretos sofridos, todos eles amigos, todos obedientes ao velho Pedro. O sorriso não foi também para o pio chororocado que, por fim, se calou na certeza dos efeitos. Aroroba estava sorrindo era para os remotos corcovados da serra Barriga, adivinhados até nos pormenores somente na lembrança acordada das conversas dos espias, cada dia mais comuns na fazenda mal administrada; os remotos adivinhados em todos seus detalhes apenas na infinita vontade de fuga, no sonho de luz há tantos anos engambelado no tutu da obediência ao Rei, na certeza certa de que, nem que fosse só para morrer nos Palmares, Zumbi havia de se lembrar de seu primeiro guia e a ordem para ganhar o outeiro da Liberdade não faltaria: havia de chegar com tempo!

105

Cada vez que Aroroba recebia senha de chegada de espião palmarino na fazenda, era aquilo mesmo: aflição de esperanças crescendo nos olhos logo cerrados como numa vertigem repentina para não trair explodidas festas interiores.

Um dia, isso nas primeiras beiradas do Governo de João da Cunha Souto Maior, seu Zé Gomes (o feitor da substituição de Passarinho, um português gordo de muito sentimento) chegou a inquirir:

— Sô Pedro — Gomes dava o tratamento de sô ao velho cativo — ... e, por um acaso, os calores do sol andam lhe fazendo mal? — Não havia malícia na pergunta. Zé Gomes não era caviloso em suas ironias. — Ponha-se por um bocado acolá, à sombra daquela árvore! Tome um gole d'água fresca... vá, homem!

Naquela ocasião, Pedro ouviu o mando do feitor. A tonteira passou logo que o escravo recebeu mais aquele recado dos Palmares. Era para Joaquim Morre-Dentro, um nagô bom demais na pontaria dormida... A noite que veio, já encontrou Morre-Dentro de estrada feita!

Depois, era sempre a mesma coisa! Vinha a manha do negro para as muambas do encontro — só testemunhado pelo aceso do vento — o rápido cumprimento das instruções do Rei — só notado pela ausência, dia seguinte, de mais duas ou três peças privilegiadas (sempre um bom ferrador, um carapina de peso, um derrubador de gado, um conhecedor de sangrias ou de outra arte carecida no reino) então, já nos rumos do outeiro sagrado, enquanto os castigos comiam em cima dos ficados (não obstante o coração de Zé Gomes...) como exemplo e advertência.

A desilusão de Aroroba vinha depois. Mas logo renasciam do sem-termo de suas reservas de esperança, nova fome de espera pelo próximo portador, quem sabe? Aquele que, muito breve havia de trazer o chamado do Rei, a almejada licença, a esperada ordem para a viagem da Liberdade.

106

Salustiano se encheu de pena adivinhando naquele pio de aviso já tão figurado na tristeza do rebolado, mais um tombo de decepção para o amigo. Mas como não faltasse preto já sabedor da guinada de moleque Antão ao poder supremo do reino negro, até podia ser que aquela vez fosse o dia das alegrias de Aroroba.

Não só por gratidão como também por necessidade da presença do guia nas coisas do Governo, Ganga-Zumba, agora Rei Zumbi, havia de exigir junto dele e mandar chamar nas pressas lascadas o negro velho mais respeitado e querido de todos os cativos da redondeza.

Salustiano pensava nisso enquanto observava Aroroba já refeito do choque. Percebeu o negro se abaixando para torrar um grande manojo de cana. Ainda no disfarce, Aroroba largou o facão espetado na terra e ergueu-se com as mãos nos rins. Depois, abanou a cabeçorra para o feitor, afrouxou a correia das calças na convenção lá deles, esperou o assentimento e afundou no canavial bem na direção do pio de acauã viúva.

Só então Salustiano descansou. Prosseguiu cortando suas canas gordas, pensamento vadiando, vadiando...

107

A fazenda, com a recente morte de Gil Tourinho afogado em suas cachaças, pertencia agora a um meio-irmão de mãe Clotilde, mas como o rapaz fora para Lisboa, a propriedade decadente era como uma benfeitoria do Administrador Mascarenhas, moço nativo muito amante de castigar escravo. Júlio Mascarenhas, multado do não-fazer-nada mais amigo da amealhação de ouro do que de acordar cedo, não apreciava conversa sobre Palmares: "— Um dia, tá bom? Um dia, quem vai terminar com aquela miséria sou eu mesmo!" — Costumava dizer alto, principalmente quando algum preto estava por perto, na prosa de pura amostração. Queria que os negros sentissem no machio de suas palavras todo destemor e ódio pelos quilombolas.

Bem nessas ocasiões, Salustiano se ria por dentro comentando com Aroroba baixinho, em língua ioruba:

— Vai, corno! Vai que Zumbi nos'sum Reis te capa e ainda te faz caminhar légua e meia, de quatro, com uma fêmea na garupa!

Aroroba olhava o Administrador, escutava suas raivas e esquecia-se de si mesmo, para ficar parado, cachimbo fumeando mansinho, olho pingando esperas, pensando como seria uma viagem para Andalaquituxe em dia de chuva fina...

108

O olhar de Salustiano não largava vigia do rumo tomado por Pedro ao se afundar no canavial muito alto.

De quem teria sido o pio? Que cumumbembe teria piado tão bonito no choro de inverno? — Zé Maria? Fumo Doido? Teria sido Malé Quiabo? Fininho assim só podia ser chamado de menino Santarém, filho do compadre rasgado na largura dos peitos, brigando com os brancos, defendendo o outeiro! Santarém era um menino macho como o pai! Santarém fugiu daquele eito que estava ali, apenas quatro meses depois de comprado. E fugiu de um salto, após ter furado muito gongolô de negrinha safada, embromando feitor Zé Gomes, sumindo nos poentes, bem na pisada do velho...

Todo aquele tempo perdido por Salustiano na lembrança da fuga de Santarém, o negro não tirara o sentido da direção dos sumiços de Aroroba. Disfarçou cortando mais umas canas mas... — Aroroba já estava se demorando além da conta! Com mais um pouco e Zé Gomes tinha de desconfiar...

Salustiano voltou a esconder sua ansiedade na lembrança da fuga do outro: — Aquilo que deu em menino Santarém foi coisa do Sujo! Só podia ter sido! Quem havia de dizer? Na véspera, dia de mabunda e jongo largado no terreiro da casa-grande, negro cobrindo negra dentro dos valados, nas bênçãos do Administrador (que a fazenda andava bem precisada de crias novas), o negrinho falou pela primeira vez em ganhar larguezas de mato. Falou nos Palmares!

— Cale essa boca, menino, tu não sabe que senhor não gosta dessa conversa? Menino Santarém quer comer tronco? — Salustiano ralhou.

— Sum Salustiano, me diga: e esses Palmares? — Santarém queria era saber do grande e do miúdo. — Me diga?

Dia seguinte, apenas chegou no eito, corpo moído pela festa da noite, principiou falando alto, resto de conversa maluca.

— E eu que acho que vou ver esses Palmares de perto? Minha gente, lá vou eu!

Feitor Zé Gomes assombrou-se com tamanho assunto. Tomou chegada:

— Tu tá maluco, negro? Já pra cá! Aroroba! — Chamou: — Venha tu aí também — chamou mais cativos —, venha... venham cá! Aguentem esse peste... — Mas não adiantou de nada! Santarém tinha tomado suas decisões: largou um empurrão bem na mão que levantava a chibata para o açoite da compostura, disparou como veado temente de bala com os cachorros nos cascos e juntou os pés no oco mundo para todos os sempres...

109

— E Aroroba que não me sai do mato? — Indagou Salustiano de si para si, agonia tomando conta.

Assim como quem não quer nada, o negro se aproximou do feitor:

— Meu sinhô sô Zé Gomes, por uma caridade, deix'eu espaciá labuta um pedacim? É essa perna que dói no negro que, male comparando, parece que tem um fogo zanzando nus fundo di tutano lá dela...

Encompridando as palavras, Salustiano ficou prendendo a atenção do Feitor, mão segura no cabo da foice: não fossem as coisas que estavam acontecendo piorar tanto que se fizesse necessário violência contra aquele homem até bom... temia o cativo. — Mas se piorassem... que jeito?

O entretimento foi o justo tempo que permitiu Aroroba terminar de receber recado da boca de Santarém. Quando a folhagem comprida vergando na seiva grossa deitou ainda mais para deixar Pedro Aroroba aparecer amarrando o cordão das calças, só Salustiano, macamba toda vida, é que viu a luz de uma estrela nascida no meio da testa do velho.

Salustiano adivinhou nas ansiedades o chamado de Zumbi e agradeceu a Olorum a felicidade do amigo:

— Dessa vez... tá bão? — Falou dentro da cabeça e abriu-se num riso tão amplo que, descerrando as alvas rumas de dentes, descobriu o vermelho da garganta como se aquele vasto negro fosse apenas uma criança reinando...

Desculpa foi o descanso na sombra:

— Sô Feitô, já tô mais mió, sim sinhô... Nego lhe agradece a caridade! — E o riso prosseguiu abrindo largos de luz no canavial.

110

A fuga foi tranquila: aquela noite mesmo Aroroba chamou Salustiano:

— Agora é tu quem gunverna esse povo!

Tranquilamente, contou como Santarém ficara esperando por ele, oculto numa touceira velha para encetarem a fuga final.

Aroroba mostrou a matalotagem:

— Isso dá pra nós... — o jimbolô já enrolado em folha de bananeira era um naco de peixe-do-reino seco e um punhado de farinha puba furtados do rancho. — Menino Santarém é que não comeu nada desde já hoje!

Mobica Salustiano, comprido nas invejas, ficou olhando os derradeiros preparativos para a escondida jornada:

— Intonce, sum Pedro... Por fim!

— Apois num é, meu zirimão?

— Olorum modupê...

— Inté um dia...

Antes, Aroroba havia servido a boia geral no jeito de todo dia. Depois, conferiu a negralhada nas senzalas, imprimindo um adeus nos olhos a cada um dos companheiros de cativeiro. A despedida vinha definitiva no murmúrio da saudação:

— Olorum didê!

— Olorum didê!

Aroroba inclinava-se em silêncio. Então, cada boca pronunciava baixinho a frase da esperança:

— Olorum didê! — Sussurrava Matias Sanfona.

— Olorum didê! — Desejava Manuel Bobó.

— Olorum modupê! — Soluçava Quirino Bom-Tempo.

— Olorum didê! — Despediam-se Severino, Macaúba, Peixe-da-Dona... despediam-se todos.

Por fim, Aroroba cerrou a porta do terreiro e foi em busca de Júlio Mascarenhas no alpendre da casa-grande:

— Meu sinhô, negrada tá toda arrecoída. Agora, vô inté no pasto de fora mode adescobri a vaca branca de nhonhô Zuquim. Já d'outra vez, no desponte da madrugada, aribu comeu a cria daquela bicha tretosa...

Mascarenhas ficou agradecido pelo interesse do preto pela Medalha, a vaquinha imprudente da predileção do seu caçula. Ficou grato àquele pobre cativo, derruído nas idades, já tão sovado pela faina do dia — um labutar sem tréguas dentro das asperezas de um canavial brabo — e ainda sacrificar por gosto suas minguadas horas de sono em benefício de uma rês tresmalhada, apenas para evitar uma possível lágrima nos olhitos inocentes de seu pequeno Juquinha.

Mascarenhas ofereceu-lhe meio copo de rum tomado em gole largo. Depois, Aroroba deu de mão no cabo de sua foice cortadeira e ganhou caminho.

Passando a porteira de fora, endireitou pela esquerda e subiu a ladeirinha barrenta que ia dar no gongá da fazenda, sempre iluminado por duas cumbucas de óleo de peixe, onde aquela moça alva como leite, bonita toda vida em seu manto azul, pisava na coragem doida uma cobra feia um horror!

Pedro parou debaixo do telhadinho de palha trançada junto à imagem e ficou, tempo rolado, olhando despedida nas flores murchas.

Tirou o chapéu:

— Vossuncê minha buniteza de iaiá branca, tu tá dento di coração de preto véio... Tá ou num tá? Vossuncê, povo diz que é a mãe do céu... Sei não! Sei é que tu é bunita prá daná e, na pisada da buniteza, só pode é sê boa inté os fim! Preto véio vai de viage mas preto véio leva iaiá nu coração... Inté quando... um dia... inté...

Súbito, voltou-se. Tomou chegada da estátua no puro respeito:

— Nhanhã me perdoe mas preto véio num vai deixá essa vipra lhe mordê os pé num sióra!...

Com os dedos calosos arrancou a cabeça da serpente de sob os pés da Virgem:

— Apois?!...

Esfarelando nas mãos o pedaço de barro arrancado à estátua, Pedro Aroroba desceu o barranquinho, de volta à estrada. Dentro da noite, assuntou rumos no seu vagar como se já não tivesse mais aquela pressa que, durante tantos e tantos anos, consumira-lhe as ideias nas tretas de uma fuga.

Pensou num dia, lá nos longes do tempo, em que, desesperado de uma vez com o cativeiro rude e sem fim, se danou num choro convulso dentro da senzala que só faltou mesmo morrer afogado nos soluços. Depois, tudo passou, passaram mais anos e mais anos... E, agora, não estava ali, com os pés na trilha da libertação? Adiantou tanto do desespero?

Se tivesse uma boa palha de epungo, havia de fazer seu cigarrinho de luxo antes de se pôr a caminho batido. Fuminho bom, gostoso que nem cheiroso, estava quentando tentação na algibeira.

Caminhando por fim em direção ao eito novo na esperança de achar uma boneca de milho seco abandonada no chão, Aroroba percebeu, no sereno de lua rica, o recorte de umas palmeiras no distanciado da serra. Pensou como as palmeiras são doces assim, de longe, chamando negro pra Liberdade. Pensou que há muita gente como as palmeiras: falecida Gongoba... todos os quilombolas! Enquanto seu menino Antão, agora Rei dos Palmares, era como uma palmeira gorda na lança de cima, havia muita outra gente que, por dentro do couro, é seca e espinhenta como aquelas árvores espinhentas e secas que se encontram por toda a caatinga. Tem gente até de avessos mais nodosos e retorcidos do que raiz de pau d'arco... — Aroroba terminou vadiação do pensamento.

Foi o tempo de topar Santarém agachado por detrás de uma touceira cheia nas ásperas paciências de uma espera.

Logo, os dois fugitivos ganharam distância de seguranças.

Só na baixada pararam um minutim para que menino-guia quebrasse seu jejum, comendo o peixe e a farinha da matalotagem. Então, se puseram a viajar de enfiada pela noite inteira.

Dia seguinte, quando o sol cantou suas mabundas de aurora nos desertos caminhos da livrança, os dois cambariangues comeram os restos do ababalho trazido e descansaram por algum tempo antes de prosseguirem, por fim, na jornada, feliz.

Mais adiante, apenas uma corda de marcha, toparam com o caluje do velho Mané Lasca Fina, o mais retirado de quantos se conhecia por ali. Mas o casebre estava puro e, pelo jeito do oco, o pobre camumbembe havia sido apanhado pela brutalidade de Tolentino da Rosa que andava por ali, Capitão de Mato, por conta da Câmara da vila de São Francisco de onde só não fugia era cativo enterrado no cemitério...

A palha do tugúrio afundada, o pote d'água partido, o tripezinho quebrado, tudo dava mostra viva da cafanga do branco.

E, tudo, a troco de quê? Lasca Fina valia mais nada com aquele barrigão fofo de vento? Com aquele vergado de tremedeira... de dores pelo corpo? De dedos comidos pelo aium?...

— Fíos da mãe! — Recriminou Santarém mexendo nos largados.

— Fíos mesmo!... — Aroroba sabia que Santarém estava se referindo aos brancos em geral.

111

Rompendo nova lua em seus tamanhos, no pleno agreste — cada dia mais cheia e mais tarde saindo —, os caminhantes, cansados, mas sem que nenhum esfriasse no passo, pararam de supetão nas surpresas de uma volta. Sum Aroroba pôde ver pela primeira vez no corrido de seus dias de vida, os altos bonitos de São Raimundinho dos Longes...

A serra distante parava seus azuis no sem-fim de um novelo de nuvens. Desde cá debaixo, pindobas balançavam copas pesadas na penitência da subida.

A visão daquelas palmas balançando devagar foi o que estuporou de vez os mais largados espantos no fimbo vitorioso do fugitivo.

Então os olhos do preto velho começaram a se encher d'água por via de um ruminado antigo que lhe subia bem lá dos dentros.

Devagarinho, Aroroba foi-se ajoelhando no chão, sempre com os olhos presos na crista da Liberdade: São Raimundinho dos Longes!

Já debruçado sobre a terra, levantou os braços murchos pela idade antes de se embolar na alegria. Não se conteve e principiou a atirar por sobre a cabeça alvinha muitos punhados daquela terra boa, ainda morna do último sol da tarde:

— Cô si Obá cã afi, Olorum! — E ficou balbuciando a frase sagrada enquanto atirava mais punhados da terra liberta sobre a cabeça, sobre os ombros, sobre todo o corpo:

— Cô si Obá... — Não se enfarava de repetir, de repetir...

Depois, veio a aura: dali mesmo daquele chão esperado fazia mais de uma vida inteira, Aroroba voou por cima de todos os mares nos braços dos eguns amigos para as longínquas querenças de Munhambana:

— Ê-Bilaí! Ê-Bilaí! — Era a voz de Lucatam.

— Ê-Bilaí!... — Era Edum que chamava.

— O Lumba tombou! Matamos a Lamba! — Era...

Os olhos do negro, miúdos no brilho, raiados de sangue, sungados na Glória, na Glória banhados, os olhos do negro, se riam no negro, se riam, se riam...

— Ê-Bilaí!

— Mobica, muene!!!

— Os ouros, Palmares, as negras, a guerra...

— O manto do Prinspe! — Os olhos do negro se riam, se riam...

Nisso...

112

Tivessem os dois macambas abancado da derrotada fazenda de Gil Tourinho quatro ou cinco horas antes e já estariam escutando os assobios altíssimos da quizomba com que tinha começo, de quatro em quatro anos largamente preparados, a grande festa de Adô, nos Palmares da serra Barriga.

Hora daquela, os jibonãs já estariam sacudindo os agês de chamada por sobre seus áureos chifres de N'Gombe. Vestidos em vastos pelotes por cima do camisu, os babalaôs também já deviam estar chegando na pisada dos primeiros jeguedês das companheiras de Adô.

A lenda, sempre reproduzida numa sublimação de ritmo e coreografia, contava que Orungã, o Ar, filho incestuoso de Obatalá e Odudua, para fecundar sua própria filha Adô, a cidade sagrada da nação Iorubá, feita virgem intocável de

Olorum para expiação da falta dos avós, Orungã tomou a forma de sombra.

Essa era a festa cujo batifundo aquela noite, tinha começado, duro, nos arredores do grande quilombo de Andalaquituxe e que Aroroba e Santarém, se não estivessem espasmados no caminho, já estariam principiando a ouvir nas asas de Oxolufã.

Mas, não! Houve o atraso. Houve a fatalidade seca como as juremas, as favelas...

113

Nisso...

Nisso, foi menino Santarém que viu.

Parado de cara parada para a boca do caminhoto onde principiava a dala de subida, Santarém viu aquilo enquanto Aroroba, lá em Munhambana distante, prosseguia caçando seus N'Farsas bravios, com os eguns de Edum, de Lucatam, banhando-se naquele chão de amor.

Mas Santarém que estava bem acordado e dentro das coisas que se passavam estava era vendo. E foi vendo mais na bola dos olhos, de espantos redondos, de brancos tinindo. Santarém foi vendo o trabuco de boca de sino, de coifa premida na escorva abarrotada de pólvora nova, muito enxutinha. Menino Santarém foi vendo o chapéu de dois bicos, o jaleco azul desbotado pelas andanças na mata, as botas de cordovão, o umbigo-de-boi, a faca-de-ponta, a ferocidade no riso picante de Tolentino da Rosa.

Com efeito, o Capitão de Mato mais perverso da Capitania vinha fechando passagem, tesando cerco rude, com sua patente da peste e seus quinze macufos de cara da miséria. Vinha se rindo porque, tirando as cotas da esquadra e apartando a dízima d'el-Rei, cada peça recapturada lhe rendia seis tostões de alvíssaras.

Senão, no caso de morte, bastava a orelha do fujão para valer meio cruzado.

E na fieira da cintura, dessorando sal, Tolentino da Rosa já não trazia, para resgate, a garantia de algumas patacas?

Pois foi isso que Santarém foi vendo no encarreirado da vida. Assuntou na maldade e na ganância da cara do Capitão e de seus soldados. Por fim, seus olhos apavorados perceberam, na retaguarda da tropa, Mané Lasca Fina preso na bambo libambo a cinco outros quilombolas sangrentos de muita luta antes e muita surra depois do aprisionamento injusto.

Lasca Fina mesmo trazia a inchação da venta afundada pra dentro na pura maxinga.

Foi quando um daqueles covardes derribou menino Santarém na barbaridade do coice de sua arma que Aroroba voltou de estalo para dentro dele mesmo.

Só então preto velho regressou de suas áfricas, de seus companheiros, de suas vadiações...

Fez apenas foi inquirir de mansinho:

— É não, minino Santarém? Tá vendo só? Tu tá vendo divera ou é macuto di meus'oio veínho di vê tanta da malamba no desbundo da vida? Cafanga di... quá! — Pedro Aroroba foi se levantando lerdinho nas idades. Largou risada maluca mas, no primeiro estalo da chibata, jogou as mãos secas para o céu, dedos esparramados como espinheiro na magrém, e caiu como uma coisa torada de raio.

114

Os verdes da mata tiniam pertinho, lavados no azul-prata-azul do crescente. Pau d'Arco amarelo de flores sem folhas nos troncos rugosos a noite enfeitava. Miçangas de estrelas boiavam luz solta no leito de um céu já quebrado nos longes. Furando as camadas de nuvens baixinhas, redondo de lua apagava-acendia tardio nas horas da noite-manhã.

Dia seguinte seria lua cheia.

Por isso, quando o rastro de prata sumiu lá bem depois de São Roque da Encruzilhada, a aurora clarozinhou pras opostas bandas do Nascente (pras bandas de São Raimundinho dos cios de Cipriana) esmorecendo a Estrela Pastora, fixa no seu brilhão de vidro francês derramado em cacos.

Na baixada, as coisas foram tomando forma roxo-cinzenta: uma gameleira, um pau de tinta, uma pedra, uma touceira de favela... e os bichos do mato deram de acordar labuta matutina enquanto o vento zunindo novuras ciciava carinho nos capins ajuntados por teias de aranha grossinhas de orvalho.

Livre, livre, água rumorava cristais diluídos nas pedras do solo.

Foi quando preás brincalhonas fugiram espantadas. É que, rompendo o silêncio sagrado da grande clareira aberta na mata para a festa de Adô, oito fulas surgiram dos verdes e principiaram, por espalhar no chão muitas coisas trazidas no mais puro respeito.

Enquanto espalhavam, o preto mais velho, um oxê de macumba, sacudia, em forma de turíbulo rústico, uma cabaça cheia de brasas espertas onde ardiam de antigo várias ervas cheirosas do ritual iorubano.

Essa cerimônia preliminar, sempre de muita eficiência, visava a prevenir o terreiro das possíveis travessuras e patifarias de Exu.

Terminada aquela primeira fase da festa — pelos negros denominada "Limpeza do Terreiro" —, todos se sentaram no chão varrido, inclusive o Oxê, acenderam seus cachimbos e ficaram pitando em silêncio.

115

Sol alto, vindo de uma outra trilha, apareceu Izidoro se abanando, medonho, com um vasto abedê de Oxum.

Mascando sua lasca de olobó, entornando sarrosa saliva na barba nojenta, o feiticeiro tomou chegada dos negros sentados em roda e foi sacudindo-lhes por sobre as cabeças curvadas numa submissão seu pachorô gigante:

— Olorum modupê!

— Sinherê.

— Modupê! — Tornava a saudar.

— Sinherê... obá! — Respondia outro.

— Olorum... cô si...

— Sinherê, Zu-Tará!

Terminada a volta, todos se levantaram devagar e, em fila indiana, seguiram Izidoro em seu lento cerimonial: o terreiro foi palmilhado em seus quatro cantos enquanto o feio quimbombo, em brados patéticos, implorava a Exu que partisse imediatamente para as mais altas montanhas do Camerum, onde uma grande guerra estava matando os homens de cor e, por isso, necessitavam com urgência de sua presença amiga e protetora.

De inopino, satisfeito como se estivesse vendo atendida sua imprecação, Izidoro, responsando exclamações negreiras, barafustou pela trilha em viagem de volta à floresta, seguido sempre dos oito fulos em procissão: — Cô si obá...

116

Na clareira, só ficaram as coisas que os negros haviam trazido: o peji; o trono para Zumbi presidir a longa festa; o tapete roubado da fazenda de Natalino Generoso; o canjirão fumeante sobre os ferros de Ogum e dentro de um círculo de pólvora, os pontos marcados pelo pemba do Oxê.

A um canto, ao alcance do trono, entre cachaças, vasos de sal, de cinza e de terra, entre maços de diamba farta e escolhida, penas, peles e ossos, escamas e guizos de cobra, dentes e chifres de bode, estava uma bonita ânfora europeia de boca larga com reluzentes palhetas de ouro destinada à recepção das novas ocaias do Soba (porque, na festa de Adô, era costume palmarino enriquecer a massumba real com mais um bocado de esposas, ofertadas pelos pais como sinal de muita protestação).

Foi bem durante esse dia que, muito além do Piancó — isso, para um andejo que se aventurasse dos Palmares rumo à costa da Capitania onde o mal de bicho comia largado —, Pedro Aroroba e menino Santarém toparam com os tristes derrocados da tapera de Lasca Fina, o camumbembe que valia mais nada com seu barrigão fofo de vento, com seus pés roídos pelo aium.

— Fíos da mãe! — Recriminou Santarém mexendo nos largados.

— Fíos mesmo!... — Aroroba sabia a que Santarém estava se referindo...

117

Mais tarde, ao anoitecer, a clareira de Adô voltou a ser visitada em novos preliminares para a grande festa. Apenas, desta vez, só vieram mulheres: eram as Mães-Zu-Feitas e suas filhas de Cazumba que chegaram em suas asseadas batas, as moças com as cabeças raspadas, prontas para receberem o sangue quente e amigo das sacuês sacrificadas.

Chegaram trazendo muitas e alvíssimas toalhas, enormes alguidares e talhas cheios de efós e vatapás do omalá-sagrado, que só poderiam ser comidos dia seguinte, ao despontar do sol.

Tudo bem disposto para as alegrias do povo, a clareira foi invadida por imensa gente; os dançarinos gruncis, vestidos de penas como os índios da terra, trazendo nas cabeças uns cones feitos de palhas, tintos com sangue de bode.

Tal como os negros em geral, os gruncis são peritos na dança do quizomba, de pés juntos, imitando cavalos de santo.

Os homens negros formam a raça de mais ritmo do mundo. Os gruncis, por excelência, são mestres em reproduzir gestos e posturas de animais, sobretudo aves. Em seus passos exóticos, certos, cabalísticos, ora lembram a caçada do leão, as manhas do crocodilo, a perfídia da pantera, ora, em contorções exóticas, reproduzem perfeitamente as cruentas lutas de bichos. As mulheres gruncis não dançam: apenas rebolam-se e emitem assobios altíssimos em sinal de muito respeito à Dadá, nome grunci de Adô, a filha de Orungã — o Ar — a que preside a cópula entre os homens e os animais.

Ao pressentirem a proximidade do cortejo real, os dançarinos encetam sua gloriosa dança das galinhas: batendo os cotovelos fortemente nos flancos avançam e retrocedem as cabeças, erguem exageradamente os joelhos e emitem cacarejos tremendos de saudação ao Régulo.

A música, até então oculta nas espessuras da mata, rompe no terreiro em seguimento a Zumbi que chega acompanhado de Dandara, de suas outras mulheres e do grosso de sua gente, incluindo-se o fiel Mambira, escravo portador das insígnias do mando e do poder de seu jovem amo.

Encerrando o alegre cortejo, puxada por dezenas de mulheres em prolongado uaxi, surge Calé, negrinha mandinga da cara miúda, dos dentes trepados, dos olhos clarões, a negra escolhida no gosto de Izidoro e ensaiada havia quatro anos para representar de Adô na festa maior.

Calé não teria quatro vezes os quatro anos da idade mas, pela constância nos ensaios, trazia música nos passos. Recoberta de panos e adornos em quantidade incrível, vem trepidando as tetas lustrosas de banha, rijas de mocidade, cônicas da raça.

Já sentado em seu trono — Dandara ao pé, olho atento nas curiosidades —, Zumbi bate palmas dando início à festa.

Na clareira já bem escura das horas, tudo se aquieta. Param os gruncis com as danças e todos tomam seus lugares. O centro do terreiro fica vazio.

Só se ouve o crepitar das fogueiras acesas de recém por Jacainene.

Então, é vez do Rei se levantar e erguer bem alto seu esquisito cetro de ossos humanos, herança macabra dos quilombolas pioneiros naquela serra tão áspera para os caminhos da Liberdade.

Durante alguns minutos, a figura de Zumbi ficou imóvel como se fosse de pedra. Toda a gente parou nos gestos. Só Jacainene prosseguia zelando por suas fogueiras. Nisso, Zumbi aponta seu tétrico bastão para Izidoro, o homem que fazia mais de trinta anos, deflorava as negrinhas de Adô. O sinal foi a senha para o início do desfile de apresentação das novas ocaias do serralho real. Logo, onze negrinhas vestidas em longos camisus, recobertas com fitas vermelhas do Poder e da Justiça palmarina, e no supremo luxo de umas sandálias, saem do mato e se ajoelham no tapete colocado diante do trono. Imediatamente, uma das Mães-Zu-Feitas aproxima-se submissa de Zumbi e chega-lhe o vaso de ouro. O Régulo espera ainda que Jacainene atice a última fogueira. Luz faiscando na clareira em apogeu, Zumbi, imponente em seu traje ridículo, passa o cetro ao fiel Mambira, "sombra do trono, boca e ouvidos do Rei". Depois, mergulhando as mãos muito negras na ânfora preciosa, trá-las de volta, num farto brilho, transbordando um farto punhado de ouro. Lentamente, a gozar de seu poder ilimitado sobre tantas terras e tantas cabeças, Zumbi começa a enfeitar as carapinhas de mais essas suas futuras mulheres com as palhetas cambiantes às chamas sarandas de Jacainene. O ouro desce líquido e muito, numa lavagem pelos ombros negros, também fulgurantes, rutila e perde-se no chão em simbólico desperdício.

Izidoro, atento e medonho, mal termina a cerimônia faz retirar o magote das novas ocaias para o cuidado das Mães-Zu-Feitas, enquanto tem início o primeiro e largo consumo de rum e diamba, bons auxiliares da baixada dos orixás invocados pelos vus. A turba, logo excitada pelo adarrum sem fim, principia seus alujás e bangulês, entre chamados bárbaros por Adô.

118

Conta uma lenda, talvez a mais remota de todas as lendas africanas, que, certo dia, Olorum, o deus supremo, mandou seu pai e filho Obatalá descer à terra, com a missão de auxiliar os homens então seriamente atrapalhados por não se entenderem com as plantas e com os animais.

Aconteceu foi que Obatalá começou por se enamorar de Odudua — a Terra.

Logo, tiveram enormes filhos entre os quais Orungã — o Ar — que, por sua vez, foi pai de uma belíssima filha chamada Adô. A mãe de Adô, semiorixá da proteção de Olorum, para resgatar os erros dos avós de sua filha, resolveu transformá-la na cidade sagrada de Adô, capital da nação Iorubá, com permissão de, apenas uma vez em cada quatro anos, tomar sua forma de mulher para um alegre banho na grande cachoeira de N'Gombe. Mas, rezava a promessa, Adô teria de se conservar absolutamente pura. Isso, enquanto existissem homens, plantas e bichos no mundo. Assim, durante o seu banho bissexto, não devia sequer ser vista por olhos de homem. Uma ocasião, calhando ser dia do importante banho, Orungã que andava vadiando pelas árvores viu casualmente a filha em sua forma de gente. Tomou-se de tal paixão que resolveu conquistá-la. Sabendo, porém, da grande proibição que pesava sobre Adô, Orungã concebeu maneira engenhosa de pôr em prática sua resolução: transformou-se na sombra de Adô e seguiu-a, imitando-lhe os passos na poeira do *chão, até a cachoeira. Com efeito, lá chegando, ao libertar-se de suas roupas, a moça percebe o convite macio excitando-lhe vontades desconhecidas. Tão sedutoras eram as promessas que Adô, na certeza de que sombra não pode ter corpo de gente, entrega-se despreocupada às malinas ternuras e termina por se deixar possuir pelo velho Orixá.*

Por isso — contam os velhos iorubanos —, todo mundo sabe que existiu realmente a grande cidade de Adô, mas o que ninguém pode dizer até hoje é onde aquela cidade resplandeceu um dia...

119

Ora, era esta representação em seu total realismo, que ia ter aflito começo já anunciado nos ojós, na barafunda, nos rucumbos, nos assovios com que o povo palmarino esperava pela meia-noite já bem próxima: — o catimbó!

Aos poucos, vão-se apagando as fogueiras de Jacainene. Exatamente conforme os seguidos e exaustivos ensaios, Adô aparece ao fundo da clareira. Como a contemplar a multidão silenciosa, em angustiante expectativa, a negrinha Calé para e demora-se fixando o Rei, vaidosa em seu traje refolhado. Demoradamente também, em movimento de ingênua lascívia, acaricia, nus, os peitos de alcatrão, cheirosos de cassuquinga. Então, começa a dançar; primeiro num imperceptível rebolado de quadris, aumentado paulatinamente de acordo com a música oculta na mata, por fim sempre dançando, dá início a sua caminhada em direção à imaginária cachoeira de N'Gombe. É uma graça e é uma beleza a moça bailando assim!

Ao alcançar o centro do terreiro, muito inesperadamente, surge de um canto oculto, esgueirando-se como se estivesse tomado de sobrosso, a figura negra de Orungã.

Antes de ser percebido por toda a imensa assistência, o homem, num prodígio impossível de coreografia, risca no ar formidável salto, atira-se ao chão, resvala pela terra até atingir os pés da dançarina, colando-os aos seus. Inteiramente despido, o negro funde-se ao chão como se fosse uma sombra real. Na penumbra ambiente, oferece legítima ilusão a cena.

Daí saem os dois, ela em pé, ele de rastros, dançando, zunindo o corpo no ar, pairando no chão, rodando, rodando, pedindo prazeres, ternuras pedindo, carinhos, amor...

É a quizomba no auge fremindo!

Adô, a sombra seguindo-a nos menores detalhes, aproxima-se da cachoeira inexistente. Ajoujados pelos pés, descem os dois uma rampa real nas pedras do chão.

Adô principia a tirar a roupa quando dá de olho na sombra.

120

Arfando contagiadas vontades, ventas infladas, Dandara se abraça ao ventre negro de Zumbi enquanto, por detrás do trono, os olhos do escravo Mambira, estourando impossíveis, pregam-se em doces sonhos à culminância da cena.

121

Embaixo, na cachoeira, Adô está despida.

De tal maneira a cena é real que a assistência sente a água de N'Gombe, nos mergulhos, espargida.

Segue-se toda a pantomima da surpresa e do desejo; do susto e da sedução bonita, bonita como nenhum branco saberia fazer.

Súbito, em meio ao maior silêncio desse mundo, fere-se a posse bruta, real, palpável, cruenta...

Jamais alguém poderia identificar naquela sombra potente e ágil em tal fúria de masculinidade, a encanecida figura de Izidoro, medonho, o decrépito quimbombo do Rei Zumbi!

122

Aplaudindo aos urros, ganindo lubricidade, o povo estoura de gozo e já vai recomeçar no consumo despropositado de aluá e fumo quando, da mata, rompe uma figura estranha à festa: Lasca Fina!

Em sangue, restos de ferros pendentes do pescoço desmesuradamente inchado, olhos rasgados por um esforço não contido, o vulto atravessa toda a clareira e atira-se aos pés do Rei, joelhos escarificados fundo.

Tombando sobre os restos de ouro ainda entornado no tapete, Lasca Fina ergue os braços exangues para a saudação da raça:

— Dunga-Tará, Sinherê!

Logo reanimado com uma grande caneca de rum, Lasca Fina contou como fugira da força volante do cruel Tolentino da Rosa.

Contou como lograra arrebentar o libambo numa barrota de ferro ao atravessarem, todos, um córrego cheio.

Contou dos demais prisioneiros recapturados pelo Capitão do Mato. Contou de Pedro Aroroba, preso, velho, doente, corpo muito magoado, já a caminho da vila, já de volta ao cativeiro, ao tronco, à morte...

Zumbi rememorou a fisionomia do velho mestre, do fidelíssimo Aroroba. Levantou-se:

— Quantos soldados? — Perguntou para se certificar. Para fazer planos.

— Oito — confirmou Lasca Fina.

Zumbi apontou quase a esmo:

— Você. Você lá! — Escolhia seus homens com os olhos em sede. — Venha você! Você também... Tragam as armas! Lasca Fina: dê seus rumos!

Já refeito da pesada representação, Izidoro correu com seu velho opelê, para a consulta do culto. Examinou a posição dos objetos logo espalhados no chão e, novamente integrado em suas funções de adivinho, recomendou:

— Vão que está bom de feição! Ataque só com sol de fora e sempre pela banda do mar. Procurem sangrar na barriga...

Antes que Dandara tomasse seguimento nos acontecimentos, os negros chefiados por Zumbi já haviam sumido nos escuros da floresta.

123

Manhã seguinte, sol de fora, sempre pela banda do mar, Zumbi e seus homens corriam baixada quente. Atravessaram o riacho de onde Lasca Fina fugira. Hora e meia depois, cortando distâncias por trilhas conhecidas, toparam com o que queriam: a gente de Tolentino da Rosa.

Na frente, caminhavam devagar, dentro do plano, os negros engatados na pura desumanidade. Logo, Zumbi reconheceu Aroroba curvado que nem pai Três Depois.

Atrás, o Capitão vinha bebendo afronta no bolo de seus nojentos soldados.

Zumbi largou um assobio fininho que parecia vir colado da boca da terra. O assobio foi se levantando, tomando corpo até rebater nos longes. Só então Aroroba voltou a se rir.

Lasca Fina percebeu quando Tolentino da Rosa correu na incompreensão, chicote erguido, para açoitar o negro. Viu-o recuar, porém, sem bater em Aroroba, recrescido nas esperanças.

Logo, tentou se pôr em guarda na direção da risada do velho escravo. "Deviam tê-lo sacudido para dentro de um perigo!" — Pensou Tolentino, vendo Oxum-Maré nos olhos do negro.

Foi quando Zumbi e seus homens apareceram formando cerco.

Os negros fecharam um círculo em torno dos homens de Tolentino. Súbito, os forçados se ergueram para o estraçalhado das iras, assoprando vinganças vivas. O pongo do combate assanhou tudo em volta sem que os brancos tivessem sustância na defesa.

A coisa durou apenas um instante!

Pedro Aroroba e seus companheiros só perceberam que voltavam a ser livres quando os braços vermelhos de sangue ainda quente dos quilombolas se levantaram bem altos, joelhos dentro de um bolo de vísceras inimigas, para a saudação da vitória ao Rei-Comandante.

124

Delas esguias e delas grossas.

Todas, balançando as copas ao vento que, desde os cimos desertos do outeiro, começou soprando fumaça na areia do chão, arrepiando frios nas aguinhas caídas do alto, todas, ajuntavam-se orgulhosas na solidão comum. Aquele mundo de palmeiras é que deu o nome ao lugar.

Delas esguias e delas grossas.

Já vizinhando o meio-dia e o outeiro ainda dormindo nos silêncios!

Mais embaixo, na vertente bruta, as roças de milho quebrado em bonecas maduras e os eitos da cana-crioula, modorravam também na quietação do calor.

Nem a sombra de um negro zanzava pelos ensolarados cheirosos de suor da terra.

Com a festa da noite passada, os preparativos pesados da véspera e os sangues que se sucederam no esbagaçamento de Tolentino da Rosa e de seus soldados, a população recolhia-se, ainda enfarada da vitória.

Só as nuvens passarinhavam no céu, no bem-bom das belezas do dia. Um único negro madrugador estava sentado numa pedra, junto à perambeira de Andalaquituxe.

Estava ali desde os claros da manhã, imaginando coisas.

Nisso, uma preá lascou carreira atrás da fêmea, e os dois bichinhos despencaram-se pelas quinas do precipício numa segurança, numa risada de vida, numa libertação, numa festa de movimentos, numa gentileza de amor cosendo bonança nos corpos assanhados.

Pedro Aroroba acompanhou os bichos com os olhos cheios de gozo pelo seu primeiro dia de negro-mobica!

No magro do pescoço, ainda trazia o vergão da corrente, torada na raiva, por baixo do fío de um novo gris-gris, já cingido em substituição ao antigo, estraçalhado pelos soldados do Capitão do Mato, na dominação bruta.

Aroroba prosseguiu acompanhando o rastro das preazinhas sumindo nas lapas da pedra. Depois, assentiu, compassando a cabeçorra cheia de sono, de luta, de rum, de vitória:

— Parmares! Quem havera de dizê? Parece muito da mentira! — Falando sozinho, seguia balançando a cabeça nos gozos sem fim. — Quem havera de dizê? Me diga, me diga, Maladula?

Aroroba estava se lembrando de uma negra sumida nas eras. — "Maladula, tu carecia era de vê seu negro liberto nus dia de hoje! Maladula, tu havera era de gostá de vê isso tudo!... — Mas Maladula estaria velhinha lá nesse mundo..."

O negro, num movimento de melancolia, estalou os dedos em castanheta e atirou o gesto além como para ilustrar a distância perdida no tempo e no espaço que os separava naquele momento de felicidade intensa. Maladula estaria morta... certamente, morta. Por isso, Aroroba não estacou nos pensamentos:

— Agora, negro véio pode cufar, inhô, sim! — Se riu. — Quá! Êta liberdade lascada! Home... — Foi descansando a cabeça nas mãos, docemente. — Trabaiá? Pra quê? Mais nunca! E, me diga, Maladula, e não é tão bom? Agora...

Subitamente, Pedro Aroroba arrebentou-se num choro tão solto e sacudido que teve uma sufocação. Tossiu. Tossiu mais. Tossiu muito. Escarrou. Tomou novo ar no bofe e recomeçou a chorar tão cheio de ventura que aquela horinha só deu, com muita volta até, para adoçar todos os seus passados compridos de labuta e dor.

125

Quando Dandara chegou, ligeireza nos pés, espanto nos olhos, em busca de socorro pras amolenças de Sum Pedro, Izidoro estava em sua toca imunda receitando batata de inhame cozida em leite de égua para dar sustância a um negro mulambento.

Despachado o negro, o Oluô pingou suco de limão da casca fina como puçanga de muita valia contra purgações, no olho acanhado de uma quilombola esparramada nos gritos, e sacudiu pó de poaia num ferimento aberto de topada em seu próprio pé.

Terminado mais esse serviço, suspendeu os curativos restantes e atendeu ao chamado aflito da mulata:

— Vamo lá! Minina! Que qui deu em Sum Pedro?

126

Minutos depois, o obá e a mulata estavam onde Pedro Aroroba dormia suas tranquilidades definitivas; no riso da mais pura satisfação.

Encolhido como se ainda estivesse preso ao cotoco de Tolentino da Rosa, o corpo do velhinho parecia estar escutando mil marandubas bonitas, cheias de nomes conhecidos de antigos companheiros: Edum — tão valente na caça; Dadá — tão amigo na paz; Lucatam — tão leal nas quizilas...

Izidoro, medonho, olhou o companheiro nos vivos interesses. Depois, levantou os olhos para Dandara e a mulata dengosa do Rei Zumbi percebeu Ocu dentro daquele olhar:

— Ocu-Saruê, Sum Pedro! Ocu-Saruê, Gana-Mobica! —
E foi baixando os joelhos em terra, braços erguidos para a
bonita saudação final.

Então, já muitos outros quilombolas se encontravam em
volta do corpo do negro morto. Os que estavam cobertos,
foram tirando suas carapuças para a resposta do culto:

— Ocu-Saruê!

— Bom só foi ele!

— Ocu-Saruê!

— Saruê!...

127

Na guerra de 1686, sangue vertido foi tanto que bastou
para dar rumo nos caminhos da traição.

Também — como dizem os papéis da época — os gastos
da Expedição, só em pólvora e chumbo, subiram a mais de
seis quintais, pagos pelas Administrações das vilas de São
Miguel, Serinhaém, São Francisco, Rio Grande, Penedo,
Alagoas e Porto Calvo.

Essa luta foi a última Entrada de Fernão Carrilho nos
Palmares. Naquele ano, o rude oficial — já voltado às boas
com o Real Conselho Ultramarino, mas ressabiado para tentar nova muamba com Zumbi — queimou Andalaquituxe
outra vez, suas casas, roçados e lavouras.

O Capitão fez miséria entre os quilombolas, mas perdeu
tanto soldado que Zumbi, de regresso às suas terras, puxando a perna mais curta, torcida para trás no meio da coxa ba-
leada de antigo, achou mais à feição entulhar de uma vez os

fossos repletos de inimigos (muitos ainda não mortos de todo) e abrir novas armadilhas defensivas, um pouco mais adiante.

O trabalho foi menor...

Com quinze dias do fim da briga — todos os negros já de volta do mato —, a cidade estava refeita, as cabanas de massumba cobertas com palha ainda meio verde e outra caveira de boi alvejava no topo do mastro oficial. Dandara também havia recebido de presente um jirauzinho tão formoso que até dava gosto se deitar nele...

Foi por esse tempo que morreu Muiça, Amaro, Pacassá, valente toda vida...

Em contraposição, vinham aparecendo os novos e destemidos negros das cercas de Osenga e do Macaco, negros preparados na dureza, em Subupira, para comandar guerras futuras que era só o que se esperava no outeiro.

Deles, os mais ferozes eram Manuel Mulato — com duas mortes de reinação; Zé Madalena — cujo ronco, depois de ter comido uma gamela de caratuã de bode com anguzô, espantava até onça parida; Teotônio — negro ainda sem barba mas que metia sobrosso em cabra macho; Chico Danou-se — que, na falta de marafa, bebia até alicô de moça; Zelação, Juca Pum, Adalberto...

128

O tempo que veio depois foi tempo dormido nos gordos sossegos.

Dias inteiros, noites todinhas, as mãos calmas do Soba passeavam libidos pelo dorso da mulata (no jirauzinho formoso). Pelas ancas da mulata.

Tudo vivia tão retirado de guerra que o Rei, uma tarde enroscada nas promessas de forte temporal, estava pensando lá longe, no tempo; isso, quando ele ainda era o moleque Antão, carregador dos púcaros da tamina d'água para os eitos novos da fazenda de Gil Tourinho. Teve saudade daquilo porque gente tem saudade sempre, mesmo do que não prestou na vida, do que não teve cabimento de alegria.

Mão nas carnes de Dandara, ideia de Zumbi variou para os sabiás-pirangas caçados na pedra fina. Variou para o sabor quente do coração dos bichinhos, arrancados na arte. Aquele gosto lembrava briga de homem... lembrava vitórias...

Zumbi botou o pensamento (agora mais pesado) no coração de Zacaria, o feitor dos estrupícios largados, arrancado, também na arte, num bosque de jacas-do-brejo, naquela quarta-feira distante... (quarta-feira, dia de Iansã... Dia de Xangô Dzacutá!)

Lá fora, a tarde foi ficando preta nas nuvens baixas.

Havia uma relação entre os sabiás e o nome do feitor: relação de vingança ardida nos ódios acordados! O feitor Passarinho... o sabiá comedor de pimenta, a nuvem... O feitor que havia matado uma nuvem... a nuvem das iras compridas de Sum Pedro Aroroba...

Zumbi se riu sem saber de quê. Correu a mão pelos peitos da negra. Topando as durezas de um bico, apertou à toa. Apertou com tamanha força que Dandara se encolheu nos arrepios:

— Uai!

O gosto do coração do feitor era parecido com o dos sabiás... Cipriana... — Zumbi saudou sua ocaia fugida. Cipriana rejeitara nos nojos o pedaço que lhe fôra oferecido. A negrinha, contudo, havia trabalhado bem no ajuste da vingança pedida por Aroroba. Cipriana soube atrair Passarinho com promessa de carne fácil. Soube levá-lo para bem longe da casa-grande: mais de hora distante do oitão da senzala maior! Levou o feitor para longe dos soldados de Manuel Lopes... Depois, num matinho escolhido de antigo, Cipriana deitou as graças de seu corpo luzidio e serenou até que o cabra se afundasse bufando na xiba de Dadá para o ritaco da treta. Foi então que Zumbi saiu de sua loca. Mas apareceu bem demorado para prolongar-se nos gozos. — Zumbi, rememorando aquilo tudo, detalhava minúcias revivendo o espetáculo: recapitulou sua mão hábil e ligeira abrindo mais aquela caixa de peitos como se fosse a de um sabiá-gigante. Só então deu tontura na negrinha. Por onde andaria Cipriana?...

A mão, na dormência das recordações, largou o bico muito preto e voltou a se espalmar sobre o peito cheio de Dandara. Acordaram-no as batidas descompassadas pelas ardências do coração da mulher. Era bom sentir aquelas batidas quentes... Também era bom! Também!

— Sabe? Do que eu gostava, mas gostava mesmo, era de comer esse coração!

— Comer?... — Dandara ficou espiando a mão, trêmula agora, apalpando-lhe os peitos, tateando-lhe as pulsações, as unhas deixando lanhos cinzentos na carne escura. — Comer?... comer, o quê? Tu regula não — dilatando o branco dos olhos, a negra se aborreceu: — Óia, Zumbi, tu é Reis e manda matá quem tu quisé. Tu é Reis e come o coração de quem bem entendê, mas se tu qué comê mesmo coração di gente, pru causo de quê tu não vai comê o do cono que te pariu?

Nisso, um raio torou a tábua do céu de lado a lado. O ronco do bicho foi se rebolando feio pelas quebradas da serraria até morrer pras bandas de Uná. Outros riscos de fogo deram de correr numa furação de nuvens, clareando até os cafundós do sertão. Chuva desceu muita. As cordas d'água juntinhas tomaram todo o fundão do vale onde Zumbi tinha seus esconderijos cheios de ouro. Suas riquezas... suas reservas!

129

1693.

Marcelino trouxe a notícia de Olinda.

— Quem vinha, agora, era Domingos Jorge Velho, numa Bandeira, comandando quatrocentos paulistas, fora outros muitos soldados e índios.

Mas, com Jorge Velho, Mestre de Campo do 3º de Infantaria dos homens de São Paulo, vinha mais gente traquejada em barulho de fogo. Vinha André Furtado de Mendonça, que do que gostava mesmo era de comer carne de onça crua, e vinha o Capitão-Mor Bernardo Viera de Melo, bom no pega-pra-capar!

Com a notícia, Zumbi deu ordem de trabalho pesado. Já não servia mais aquela tática velha de afundar seu povo no mato para deixar o feio passar e reconstruir tudo depois.

Agora, o Rei exigia reação!

Carecia enfrentar o branco no pau da cara!

Então, começou-se a fortificar a aldeia principal com uma cerca tríplice, deixando as aguadas pelo lado de dentro.

Com quatorze meses de trabalho — aproveitando-se até a luz da lua — a cerca ficou pronta. Isso, já rompendo outubro de 1694.

Eram 2.470 braças craveiras de boa tapagem de pau a pique cerrado, com andainas de torneiras umas rentes ao chão outras mais para cima, e dois fogos em cada braça, fora os flancos, redutos, redentes, faces e guaritas. E os historiadores contam mais: "... nos exteriores, cheios de estrepes ocultos e de fojos cheios dos ditos de todas as medidas, uns de pé, outros de virilhas, outros de garganta. Impossível fazer qualquer aproxe seguro que o ligame e a espessura do mato e das raízes entrançadas não permitiriam... Assim, em lugares de tal sorte escarpados, os nossos eram virtualmente pescados para dentro das cercas... onde se lhes davam morte crudelíssima, até em mãos de mulheres famintas por represálias."

Mas o tempo foi passando e os paulistas não chegavam, entretidos em acertar pormenores com as autoridades da Capitania.

Assim, entrou-se no ano de 1695, com pouca luta, sob a Administração de Caetano de Melo de Castro.

130

Por aquele tempo, todas as naus que aportavam a Pernambuco, vindas da Bahia, traziam a voz viva e quente de Antônio Vieira, condenando, numa dureza áspera, a escravidão do gentio; mas como o velho jesuíta, em seus violentos sermões na Basílica de Salvador, não falasse em africanos, o Governador Melo de Castro concluiu pela aliança da Igreja na guerra contra os Palmares.

Esse foi outro e bom motivo para que o Real Conselho, assoprado pelo Administrador-Mor, conseguisse do povo pagador maiores Efeitos em ouro, a financiar a empresa.

131

Nos derradeiros anos do século XVIII, Olinda, já parcialmente reconstituída do incêndio neerlandês, não tinha muita coisa para mostrar a seus visitantes. Tirando os sobradões do comércio judeu; o Colégio dos padres com suas enormes pedras calçando a ladeira e o pátio interno, rodeado de pórticos, e a Casa-Forte da Administração Municipal (já que o Governador prosseguiu residindo no Recife), na antiga vila apenas havia de nobre os restos patinados do solar de vastas janelas francesas onde Matias de Albuquerque, até a trágica madrugada de sexta-feira, 15 de fevereiro de 1630, vivera sobre suas tamancas, com seus arrozes de forno, seus convidados, seu xerez bem seco e seus saraus.

O Recife é que andava garboso porque Nassau lá tinha deixado grande obra espalhada nas Artes e nos Ofícios; mas benfeitorias para um povo ingrato, só agradecido do que não prestava.

Caetano de Melo de Castro morava, por aquela época, nas margens do Capibaribe, numa das mais bonitas residências construídas pelo Príncipe, e foi justamente na porta central da ala esquerda desse Palácio das Torres — local dos despachos governamentais — que, dentro do fresco azul domingueiro da manhã, surgiu o corpanzil vastíssimo e sujo de Domingos Jorge Velho, o General de muitas Bandeiras.

Acompanhava-o de perto o paulista brigador Luís da Silveira Pimentel, seu ajudante, um Capitão que, certa vez, sozinho, brigou quatro dias e quatro noites contra um bando de tapuias-jaicós e terminou por incendiar-lhes a taba inteira, arrebanhando-lhes as flechas dentro de um tipiti.

Vinham os dois bem satisfeitos da conversa mantida com o Governador. Os planos ficaram bem assentados e a paga solidamente ajustada: já traziam ali, contadinhos a preceito, oitenta mil cruzados para as primeiras despesas.

— Isto, assim, vai bem, sôr Capitão! Agora, é ir-se-lhes ao pelo! Façamos ao negro a barba talqualmente fizemo-la ao Canindé dos janduins, aos oroazes e aos capinharões.

— Será pra já essa barba, amigo Velho! E quando viajamos? Olhe que, das vilas, só servem as fêmeas mas, assim mesmo, amolecem os homens...

— Vamos de imediato! A pólvora e o chumbo seguirão hoje ainda com o André Furtado... O rancho segue com Vieira de Melo. Segue, em seguida, logo que as compras estejam ultimadas! Aliás — Jorge Velho suspendeu o passo, agarrando o corpete do Capitão —, aliás, é necessário coçar um pouco o rabo a esses judeus da praia para que não nos roubem nos preços e nas qualidades! Então, em lhes cheirando ouro abundante...

— ... e nos pesos por igual — interrompeu Silveira Pimentel, já antegozando chinfrim com os fornecedores que, para tal corja, três arrobas é já um quintal!

Pesado e maior ainda dentro de seu colete de couro acolchoado, cosido largo em losangos, por via das flechas traiçoeiras, o Bandeirante prendeu a escopeta sob um braço para ajeitar a luva grossa. Escarrou um impropério contra alguma coisa muito vaga, apenas pelo gosto à sujidade.

Os olhos desconfiados, só íntimos dos perigos da mata, varreram a rua nos dois sentidos numa tomada de sítio. Só então o gigante recomeçou a marcha. Súbito, percebeu rumor. Descobriu-se espreitado por detrás de uma janela. Investiu furioso despedaçando as tabuinhas da rótula com a coronha rude de seu trabuco. Isso, aos berros, enquanto o companheiro, solidário, desencava o ar, em volta, a golpes de alabarda.

Findo o incidente, tornaram os dois em busca da tropa acantonada na cabeceira norte da vila. Mas, inopinadamente, viram-se agredidos na rua deserta por um cão sem dono. Sempre segurando a escopeta pelo cano, Jorge Velho vibrou-a irado como se manejasse um tacape selvagem. O golpe não acertou no cão que fugiu ganindo. Então, o Bandeirante tomou os ganidos do cão por uma vaia à impotência de sua ira e agrediu a pés, ferozmente, um escravo que passava aterrado. Mais adiante, agrediu também um cabrito que remoía numa porta e lá se foi entre pragas, coçando suas muquiranas por baixo da pesada gola de couro cru, mal curtido, cheirando a budum.

Além, a Bandeira só esperava pelo chefe. Lá estava Vieira de Melo e Furtado. Ordens foram dadas e imediatamente cumpridas, deixando ficar para trás uma imundície de surro, de dejetos, de restos, de cachaça... Antes da noite, aqueles oitocentos homens levantaram bivaque, tomando o rumo direto do vale de São Francisco. Para tais bugres, a floresta, durante a noite, não ofereceria maiores dificuldades...

132

De acordo com os planos oferecidos pelos Bandeirantes ao Governador da Capitania, Palmares ia ser atacado, pela primeira vez, do interior para a costa, o que resultaria inteiramente inesperado para os quilombolas.

O êxito da Entrada estava garantido de antemão, não só por se tratar, agora, de atacantes diferentes nas artes de guerrear, como também por ser muito maior a paga dessa vez oferecida, quer pela campanha em si, quer pelo número de peças recapturadas ou mortas em ação.

A tática de um novo caminho a seguir, fugindo à invariável trilha usada por todas as expedições anteriores, era simples: mergulhariam os guerreiros no sertão bruto até a vila de São Francisco, viajando muito por fora das ruínas de Piancó para não deixar rastro vivo. Da vila, ganhariam sem perda de tempo a esplanada da caatinga imensa, passariam de muito viés por São Roque da Encruzilhada e subiriam, na surpresa, ao outeiro da serra Barriga, pelo lado direito da grande perambeira, coisa de trezentas ou quatrocentas braças retiradas do precipício.

A rampa escolhida era de grande conhecimento de dois negros que iriam guiar a expedição, isso porque, os paulistas levavam, pela primeira vez também, dois desertores palmarinos afogados na ambição, cegos pelo ouro, tontos pelas promessas, vaidosos pela alforria.

Remanescentes de uma das muitas missões de paz que os sobas dos quilombolas usavam enviar ao Recife, principalmente por ocasião de mudança no Governo, visando mais a ganhar tempo do que a uma aliança razoável, os dois acompanhantes da Bandeira seriam de forte utilidade para que a força invasora surpreendesse os negros no local e no momento mais oportuno.

<h1 style="text-align:center">133</h1>

Enquanto Jorge Velho punha-se a caminho com sua gente e com seus guias traidores, Zumbi dos Palmares, no outeiro sagrado, esperava pela guerra tão prometida, emborcado no amor de Dandara.

Esmagando seu nariz no da mulata, numa arrelia de pagode, o Rei não se continha:

— Minha bambula bunita, quem qui é teu nambo gosto so, bambula? Tu só é qui é o luzolo de toda vida desse negro feio, minina! É tu ou não é?

Dandara se ria, se ria, deitada no jirau, uma flor nos cabelos, os peitos lavados em água de ipê...

— Dandara, bambula, tu foi que nem um evê na vida de eu! Um evê tombado de mansinho pela mão do vento... Óia, Dandara, quando eu vejo teus pé passarinhando na areia do terreiro, ciscando safadages, me dá uma coisa pru dentro... uma coisa assim nas aparença de um frio... ou de um calô... Sei não!

Dandara se ria e apertava o coleio por sobre o corpo do Rei. Falava nada não. Zumbi prosseguia, tremendo palavras:

— Óia, Dandara... uma coisa ardendo no coração que eu tenho é vontade muita de rasgá tu de meio a meio!

Risada pura, a mulata, subindo o ventre pelo peito do Rei, afogava-lhe devagar as sílabas finais nas grossas muçuranas de suas grandes coxas.

Então, todos os sofrês e todas as graúnas da aldeia negra, infinitamente longe dos rucumbos de guerra, davam de cantar venturas nos ouvidos de Zumbi dos Palmares!

134

Com alguns dias de marcha leve, já a vila de São Francisco recebia a tropa de Domingos Jorge Velho e começava a sofrer os efeitos da terrível gente, tanto nos estragos das moças como nos danos às propriedades.

Mas foi tempo pouco o dessa agonia: logo em janeiro de 1696, passadas as bulhentas festas de Natal e véspera de Santos Reis, o paulista perverso arrancou em direção a Palmares, com seus dois negros a farejar rumos.

A força atravessou a caatinga dentro das linhas do plano. Passados outros dias, dois ou três, Jorge Velho com seus companheiros toparam com o pé da trágica ribanceira oculta no fundo de um valão úmido aonde esverdinhavam aos poucos os ossos esbagaçados do velho Zambi e de seu fiel escravo Baltazar.

Os incursionistas resolveram acantonar setenta braças adiante, em terreno seco.

Atravessaram toda a noite em dura vigília, no maior alardo de fome e frio, sem petiscar fogo para não dar presença aos negros que, possivelmente, também faziam sentinela no alto da pedra.

Manhã rompendo, antes de acusarem ali tão grande força, um piquete avançado, sob o comando do próprio Jorge Velho, tentou uma escalada preparatória, envolta em profundos segredos.

Tudo em vão! De nada valeram tantas cautelas: seis horas depois, o Comandante-Chefe regressava azedo na decepção bruta:

— Quem teria prevenido Zumbi?

A verdade é que, desde dois dias antes, cem olhos despertos na malícia de Elegbá, vigiavam de dentro da folhagem espessa todos os movimentos da força agressora...

135

Jorge Velho só desconfiou de que os negros estavam bem alertas quando deparou, lá em cima do outeiro, cortando de lado a lado a praça central de Andalaquituxe, uma vasta cerca de pau a pique, guarnecida de todas as defesas e dos mais modernos reforços empregados da época.

A cerca silenciosa como se estivesse abandonada de antigo numa aldeia morta defendia a aringa por todos os lados passíveis de assédio, com exceção da boca da perambeira, só não absolutamente invulnerável para as preás vadias em suas estouvadas brincas de amor.

Essa cerca, descoberta quando da subida do piquete bélico e que tão cerce torou as esperanças de uma invasão fácil na traição de uma surpresa, era precisamente aquela de 2.470 braças craveiras, começada a se erguer mais de ano antes daqueles sucessos, nas noites em que os negros se aproveitavam até da luz da lua, acarinhando preparos de briga-macho por amor à terra.

136

De volta de sua exaustiva caminhada de reconhecimento, o Chefe da Bandeira reuniu seu Conselho.

A presidir a cerimônia ladeado por seus lugar-tenentes, Velho senta-se sobre um tronco derruído pelo tempo, meio soterrado por muito limo e muitas parasitas de flores roxas.

Como primeira medida militar, resolve cancelar qualquer ataque de surpresa, já agora impraticável. Depois, admitindo não mais necessitar dos préstimos dos negros guias, o Mestre de Campo reclama:

— Que faremos a estes negros? — A mão apontou os desertores palmarinos. — Serão sempre duas bocas a mais no rancho... Claro que não merecem confiança alguma! É o diabo!

O jeito é... — E Domingos Jorge Velho mandou simplesmente degolar os dois negros, ali ao pé do tronco caído.

Anoitece.

Uma fogueira arde, agora, sem precisões de cuidado.

137

Manhã seguinte, André Furtado de Mendonça, dando princípio de forma à nova tática, larga-se de zoada aberta na frente de suas companhias de infantes e descalços, tiradas do Terço de Pernambuco, para começo de manobras. Segue a trilha que o Chefe subiu na véspera.

Como Sargento-Ajudante, André leva o cafunga Sebastião Dias, um mijo-de-coco mais feroz que vingança do Cão.

Jorge Velho, por sua vez, volteando seus homens por Piancó (afinal, não havia como evitar a subida por ali, desde que era do plano meter cerco aos quilombolas) avança também com a ideia presa na luta.

Os dois chefes haviam combinado unirem-se no topo do outeiro, o mais depressa e o mais junto possível à cerca de Zumbi.

Jorge Velho contava percorrer sua distância, bem maior, em treze ou quinze horas.

Já Bernardo Vieira de Melo, tendo resolvido atacar pela banda esquerda do despenhadeiro, banda inteiramente desconhecida, não marcou dia nem hora para se reunir aos amigos numa entestada final. Seria o que Deus quisesse. Apenas disse aos parceiros que faria, até lá, sua guerra separada, de improviso, sempre de utilidade para todos os brancos.

Na pior das hipóteses, havia de calçar os negros pela retaguarda, em caso de fuga desordenada.

138

Na tarde de 12 de janeiro de 1696, Furtado de Mendonça estabelecia seu primeiro contato com o Chefe-Maior.

Foi uma festa de salvas largadas de propósito, para mostrar aos negros muito poder.

Ainda sem serem incomodadas pelos sitiados, trocaram suas senhas de longe enquanto preparavam estafetas.

Só de Vieira de Melo é que não chegavam notícias. Cedo ainda! Velho suspeitava bem das dificuldades que seu parceiro haveria de encontrar, grimpando morro inteiramente desconhecido em suas rotas, prevenindo emboscadas e o mais. Portanto, nada havia que estranhar quanto ao silêncio.

Ao entardecer, já reunidos, os dois chefes resolveram aproximar-se ao máximo da cerca muda do Rei Zumbi. Talvez chegassem a ponto de alcançá-la com mechas inflamadas. Talvez, quem sabe, os negros, segundo costume antigo, estivessem espalhados pela floresta ao redor, só esperando a retirada dos agressores para reconstruírem a aldeia, de certo queimada, e tornarem à vida comum?

Com efeito, até restos de coisas e cacos velhos, espalhados e recobertos de lama, atestavam um triste abandono!

Além, urubus devoravam um animal morto.

139

Dando às urtigas toda prudência requerida em guerras, Jorge Velho avançou mais, nas seguranças de senhor do campo. A dez braças da fortaleza negra, gritou, provocou, deblaterou. Nada! Resposta nenhuma! Seus homens principiaram a aventurar-se também. Já quase tocavam com as mãos as ripas da cerca. Só preás saltitavam confianças no mormaço quente do dia a morrer. Dos quilombolas temíveis que se dizia, em Olinda, serem aos milhares, nem a mais leve sombra. Então, os brancos resolveram acender as cheias mechas de pez. Furtado de Mendonça inflamou ele mesmo a primeira mecha. Nem chegou a lançá-la: foi quando, de dentro da barricada, em toda a sua extensão linear, eclodiu o mais atroador uivo de ódio, bramido por mil e oitocentas bocas de fogo ocultas na paliçada.

Simultaneamente, uma infinidade de flechas envenenadas como as dos selvagens, disparadas dos baluartes e socavãos igualmente ocultos, e uma vasta tempestade de calhaus, grandes brasas e muita água fervente jorrou morte sobre os invasores, precedendo a nova zoada de pragas e obscenidades berradas doidamente.

Num átimo, o clarão e o barulho chegaram ao auge como horrível crepitar de tormenta, para estacarem, mais subitamente ainda, e recolherem-se a uma quietação só não mais densa do que a de antes porque, do lado de fora da cerca, centenas de moribundos juncavam o solo gemendo seus ais entre um mundo de fumo.

Trezentas e setenta mortes!

Do lado negro, apenas dois guerreiros tinham-se queimado no açodamento da defesa...

No decorrer da noite, desbaratados os brancos, Zumbi determinou aos quilombolas incursões cruentas contra alguns soldados logo percebidos variando pelas brenhas ignotas.

140

Sem contato com Furtado de Mendonça, a quem nem o estouro da briga havia feito aparecer, Jorge Velho e Vieira de Melo, estrepado este num braço por uma flecha mansa, voltaram a reunir suas raivas impotentes no valão úmido.

Dali mesmo, foi Silveira despachado a toda brida em angustiada busca de reforços pelas povoações da redondeza, com a recomendação de trazer muitos recrutas na persuasão da força.

Dias depois chegavam os primeiros duzentos.

Jorge Velho bebeu satisfeito seus quatro martelos de rum.

Horas depois, largou-se para novo assalto, já agora com excesso de precauções.

Antes de galgar de novo o outeiro em sua rampa final, percebeu, na pura satisfação, o trabalho bonito que Furtado de Mendonça vinha fazendo com rude tenacidade.

Desaparecido, mas vigilante no outro lado da serra, o valente Capitão levantava nada menos do que uma forte cerca em réplica à dos negros, buscando-lhes de esguelha as fortificações.

Reconhecida a obra como a do aliado (o que só foi possível pela troca das senhas), Jorge Velho tornou a modificar seu plano e volteou o terreiro central da aldeia para abrigar-se na fortaleza do subordinado.

Não foi penosa a marcha, porquanto tão adiantada já estava a fortificação de Mendonça que só deixava a descoberto as poucas braças do cume que dominavam a perambeia. Assim mesmo, a passagem sempre custou um par de homens ao paulista irado.

Velho encontrou Furtado de Mendonça de ânimo erguido embora carecendo de um tudo. Até de água!

Aprovada imediatamente a vantagem da contracerca que permitia aos atacantes preparar terreno para uma invasão rápida e sólida, mesmo renunciando a toda possibilidade do sítio idealizado e que seria muito mais rendoso pelo número de presas e mortos avaliado, por alto, em mais de mil, Jorge Velho incentivou ainda mais a construção.

Pela facilidade entrevista de vitória total, valia a pena abandonar o plano de sítio a Andalaquituxe. De qualquer maneira, a terra, farta e muita, lhes seria dada em gordas sesmarias.

Por isso, a 3 de fevereiro, os brancos deram por terminado o bloqueio. Agora, o que se queria era guerra de fronteira!

141

À medida que a cerca de Furtado Mendonça avançava em busca da do Rei Zumbi, seus Sacadores de Estrepes trabalhavam mais protegidos, inclusive no entulho dos horríveis fossos onde pululavam muitas serpentes e outros animais igualmente asquerosos.

Era a lenta inutilização de uma das mais eficazes armas defensivas dos negros. Por isso mesmo, volta e meia, com a cumplicidade do escuro das noites pobres de lua como eram as de então, cruzava-se sempre algum fogo doido por derramar sangue.

De um lado, eram os homens de Jorge Velho dando vigia enquanto Vieira tomava suas cachaças, aos berros pela demora na cura. Do outro, era Juca Pum ou Adalberto; era Zé Madalena ou Chico Danou-se; era, noite por outra, Dandara em pessoa, mexendo que nem Cabeceira feita, com uma pesada escopeta das muitas tomadas aos homens de Carrilho, numa experimentação de fogo.

Dormir ninguém dormia seguido senão um cochilo aqui outro acolá. Mesmo as negras! Tudo dava seu adjutório.

Corpo colado nos paus, Zumbi percorria sua cerca inteira, de cá pra lá, vinte, trinta vezes por dia... vinte, trinta vezes por noite... Dandara ao lado!

Dum buraco disfarçado, vigiava o andamento da obra inimiga; de outro canto, largava uma bala à feição; mais adiante, ajeitava uma estaca ou porfiava maneira de derrubar um graduado na traição de uma tocaia.

Já na quebrada da rampa da esquerda onde avançava dia a dia a ponta fortificada de Furtado de Mendonça, havia uma cajazeira. Num escuro de entardecer, a mulata fuzilou seu primeiro muzungo só tomando mira na brasa do cigarro...

Zumbi ficou se rindo, vaidoso toda vida!

142

Mas terminou aquele mês de janeiro, entrou fevereiro e a guerra começou a esfriar, encruando dentro das cercas enviesadas, num desafio que ia se tornando mudo de todo.

Dias que não se ouvia um só tiro! Muita ação se passava era nos interiores de cada campo.

Jorge Velho, já à testa da tropa geral, avançava com a construção da lança iniciada por Furtado de Mendonça, numa ameaça supliciante aos negros impotentes de conter o avanço, embora lento. O tapume era hostilizado noite e dia pelos guerreiros de Zumbi, mas tão segura ia a obra em seus progressos que o Rei, cada hora mais cheio de preocupações, via chegar o momento em que o inimigo, penando conquista, atingiria fatalmente seus limites.

Era evidente o propósito branco de uma invasão cruenta: Jorge Velho desesperançado de meter rendoso sítio a Andalaquituxe — desde que ser-lhe-ia impossível fechar a aldeia pela direita — demorava-se em modificar seus planos finais.

Enquanto esperavam pelas decisões do Mestre de Campo, os negros abriam mais inúmeros fossos dentro de seus domínios ainda conservados pela garantia das fortificações externas.

Zelação e Teotônio amiudavam os fossos nas cercanias de onde a invasão esperada seria evidente.

Só que não havia mais muitas cobras para espalhar no fundo, entre os estrepes pontudos...

143

Zumbi não se atemorizava do perigo que pudesse vir da perambeira em frente, da retaguarda protegida pelos peitos de pedra e pelo rude entrançado da floresta, nem pela subida da direita — a de Piancó — a mais guarnecida de defesas, tudo mantido ainda inteiro sob seu poder como o grande e varrido terreiro central de Andalaquituxe. O que lhe dava cuidado de vigília era só mesmo aquela cerca tão igual, avançando pela esquerda num ritmo irritante, já faltando poucas braças para se encostar à sua. Felizmente, Zumbi constatou que, nos dois últimos dias, os brancos emperraram e não avançaram sequer uma ripa!

Na outra madrugada, só se ouviu o eco de duas pelouradas logo respondidas no fogo vivo. Depois, tudo voltou ao silêncio apenas cortado pela asma dos grilos no sereno frio.

Então, Jorge Velho deu ordem para que seus homens cessassem os pelouros, para não corresponderem mesmo ao fogo que, porventura, chegasse dos negros em guarda.

Queria calada total por todo aquele dia mais a noite seguinte:

— Eles esperam que a gente prossiga na construção da cerca. Não prosseguiremos! Já não existem mais armadilhas entre nós. Os fossos já estão aterrados. Estrepes, não há mais! Nossa paralisação os surpreenderá certamente. Ficarão no ar... Amanhã, antes que o sol rompa, investiremos todos a uma. Não há como retroceder, depois! Seremos nós ou serão os negros! Tenham vocês tudo preparado e bem preparado. Quando clarear o dia, estaremos dentro da aldeia. Entendido?

Sim, Silveira, Furtado, Vieira de Melo, todos haviam entendido. E assim foi!

144

Nascia a manhã de 5 de fevereiro de 1696 quando foi ordenada a carga pesada! Seiscentos inimigos doidos pela vitória arredia surgiram na ponta da cerca inacabada e atiraram-se em bruto e impiedosamente contra um único ponto pré-estabelecido do baluarte negro. Em frações de minutos, aqueles pés enormemente bárbaros percorreram as poucas braças que separavam as duas fortalezas. Precisaram menos tempo ainda para deitarem por terra, na força do ímpeto, uma larga porção de escoras alheias. O rombo sorveu a soldadesca como se fosse um grande ralo d'água a esgotar um tanque.

Na vertigem da investida, os Bandeirantes agrediram os doze ou quinze primeiros atalaias de Zumbi. Esmagaram depois, à medida que avançavam por dentro do território inimigo, mais outros homens da força defensiva, apanhados desprevenidos. Mas, ao chegarem à divisa da massumba do Rei, tiveram de travar seu primeiro combate e lamentar suas primeiras e fundas baixas; Chico Danou-se, Manuel Mulato e Juca Pum já se haviam organizado para a luta; e a resistência começou feroz!

Zumbi estava descansando um momentinho com Dandara na matulinha cheirosa de folhas de canela quando Teotônio veio chamar na carreira lascada:

— Invadiram! Estão invadindo tudo, cortando na faca!

Foi Zumbi atingir de um salto a cubata do trono, seguido de perto pela mulata valente, e já ia alta a zoada dos brancos, arrombando a massumba ao peso do choque, enquanto mais soldados medonhos, improvisando alavancas com ripas antes tombadas, rompiam gretas logo transformadas em largas passagens por onde penetravam em magotes, famintos de sangue.

A Jorge Velho pouco importava as pesadas perdas sofridas. Os novos fossos internos, alguns dias felizmente desguarnecidos dos tremendos estrepes, estavam atestados de invasores vitimados pela imprudência do movimento e pela marcha estouvada dos que os seguiam, esmagando-os na agitação da corrida.

Vieira de Melo fora um dos primeiros a se atolar na feia armadilha. Imediatamente salvo por Mendonça, o acidente serviu apenas para crescer-lhe inclemência contra os negros.

238

145

Aproveitando-se de uma das largas passagens abertas pelo inimigo, Zumbi saiu do palácio e começou a combater do lado de fora, misturado com os seus. Ele e Dandara. Mas, percebidos por Manuel Mulato, viram-se logo cercados por forte guarda.

Tanta era a garra do Rei, porém, que, àquela guarda, era bem difícil contê-lo na luta para preservá-lo dos brancos.

Como se tivesse havido um entendimento anterior, bem ensaiado, cada negro tombado em defesa do Rei, de seu atrevimento, era imediatamente substituído pelo guerreiro mais próximo, que, para tanto, largava incontinenti sua função na briga geral.

Já havia Zumbi derrubado seu quarto ou quinto inimigo quando, pela primeira vez, desde o trágico início daquela sangrenta alvorada, a sorte pareceu acalentar aos locais: num esforço supremo, caro em sangue, Juca Pum, Adalberto e Zé Massumba, paliçando de emergência as brechas abertas pelo inopinado da agressão.

Enquanto os negros que ficaram propositadamente do lado de fora não se deixavam massacrar senão com muita resistência, Dandara rodeou o sítio na carreira desabalada, atravessou a borda da perambeira agachadinha como uma gata na caça e atingiu fácil a cerca de Furtado de Mendonça, inteiramente desguaritada de sentinelas porque a guerra estava então, toda, limitada à aldeia invadida.

A mulata tomou a direção do vento na ponta da língua e escolheu lugar ao longo da fortaleza. Abaixou-se rápida, soprou seus gravetos, levantou-se, deu outra carreirinha, tornou a abaixar-se, tornou a soprar gravetos, repetiu o movimento mais adiante, outra vez, sempre na disparada...

Minutos depois, toda a cerca ardia bonito em gordos rolos de fumo e de chamas...

Da cerca incendiada, o fogo ganhou a mata nas ondas do vento. Dali, invadiu as derruídas defesas dos negros. Tomou vulto assustador. Desceu pelas rampas do outeiro sagrado crepitando mais alto do que o fragor da batalha...

146

Ao outro dia, a situação havia piorado um pouco para os brancos, cercados pelo fogo de retaguarda e tendo, pela frente, a inesperada resistência imposta por Adalberto e Juca Pum. Zé Madalena estava ali também mais inútil no talho que lhe comia meia banda do corpo...

Jorge Velho começava a se inquietar gravemente com o destino do combate quando o vento, de repente, mudou de direção, invertendo o norte.

O resultado foi que o fogo, mais vivo do que nunca, rodou também, tomando o fundo da aldeia. Da cubata da matulinha cheirosa, saltando de palhoça em palhoça como um bando de macacos vadios, as chamas espalharam-se por toda a aringa.

O recurso restado aos negros era romper a resistência por eles mesmos imposta aos soldados para a luta desesperada, fatal pela enorme desigualdade numérica.

Dentro, não havia mais de trinta negros em condições de combate! Trinta guerreiros e oito ou dez negras ativas! A alternativa sombria seria a morte ou a humilhação da volta ao cativeiro!

Marejados pela fumaça muito densa vinda da folhagem verde, ardidos pelo calor da queima larga, os olhos de Zumbi buscavam Dandara. Onde estaria a mulata querida? Desde a véspera não a vira mais! Só o que sobressaltava o Rei era a possibilidade de Dandara ainda estar com vida, sofrendo barbaridades da perversidade branca... E, se a mulata estivesse prisioneira? Que não iria padecer sua Dandara, depois?

O ódio, como se fora mola nova de besta, impulsionou-o no seguimento do cabo da faca. Já decepava um braço inimigo, quando um estouro vastíssimo percurtiu nas pedras! Cem lutadores tombaram, ainda charneirados, pelo forte deslocamento do ar. Logo, mais dois e três tiros menores seguidos de enorme estralejar imergiu a aldeia inteira em negra fumaça. Zumbi percebeu a derrota total: eram os seus paióis ainda cheios, eram as suas reservas que o fogo atirava pelos ares!

Aproveitou o momento de estupefação geral para avaliar seus próprios ferimentos. Muito atingido, já não mais poderia lutar. Já nem mesmo poderia fugir à prisão... à volta ao cativeiro!

Chico da Noite, um moçambique soturno que, até ali, permanecera mudo, matando seus inimigos, defendendo seu Rei, informou-o do fim:

— Bão, Zumbi, tumá caminho de Piancó! Minha carcunda é ancha que nem buraco de quibungo e Chico da Noite ainda tem bem sustança pra carregá meu Sum Reis!

Zumbi estava pensando que o caminho de Piancó seria a estrada da Liberdade. Perguntou:

— Quantos sobraram? De nós, quantos ainda?

Chico da Noite teve vontade de chorar tanta era a tristeza na voz de seu Rei. Meteu dois dedos na boca e chamou com um assobio estridente.

Dos destroços submersos na nuvem de fumo grosso, saíram mais quatro negros, todos muito feridos, impossibilitados de lutar mais! Todos incapazes de fugir sequer!

Amparando-se uns aos outros, aqueles seis mulambos sanguinolentos, deixando para trás uma risca vermelha que a terra do chão escurecia, arrastaram-se em direção ao terreiro central da aldeia. Atravessaram calados, penando viagem, a grande área... Lentamente, foram se aproximando da borda da perambeira enorme, árida, seca. Zumbi e Chico da Noite iam no meio. De um lado, Juca Pum e Adalberto. Zelação se encostava, agonizante, em Zé Madalena, inútil no talho fundo que lhe comia meia banda do corpo...

Quando a poeira começou a se dissipar, apareceu um vulto aflito vindo do lado oposto. O vulto reconheceu Chico da Noite, Zelação... Percebeu Zumbi no meio do bolo. Correu. Chamou:

— Zumbi! Zumbi! — Gritou muito alto rasgando o silêncio do pátio. — Zumbi, muene da gente! Zumbi, meu muene... meu muene... Nambo de eu! Nambo de eu!

Foi tarde.

Os olhos de Dandara, escorrendo desespero, ficaram presos lá no fundo do grotão soturno, onde a fumaça descia vagarosamente, em volutas bonitas, como se o destino de tudo aquilo fosse um só: a noite grande das eras!

147

Em cima, fumo esvaído de todo, a cena surgiu como final de tragédia: à esquerda, a cerca de Vieira de Melo reduzia-se a uma pobre risca de cinzas grimpando a rampa difícil. Além, das fortificações de Zumbi, sua aldeia vaidosa, seus palácios de palha, tudo inteiro, não passava de desolada ruína fumegante de onde se desprendia, na ira dos ventos, um mundo de favilas ligeiras subindo e descendo, dançando de doidas, piscando, apagando misérias perdidas, riscando nos ares dourados de morte, morrendo depois...

O terreiro central perdia-se por sua vez sobre o esbagaçamento de mil corpos negros e brancos, regados de sangue, vermelho sorando dos coalhos em flor... em flores brotadas nos membros feridos, nas carnes abertas, fendidas, nos ossos partidos, nos olhos parados.

Só na boca da perambeira o poste-rei, sempre de pé, ostentava na indiferença, lá muito em cima, a alva caveira de um boi de longos chifres...

148

Quando a ventania cantando na mata mabundas a Ifá, dançando nas árvores o jongo de Iroco, varreu forte toda a serra, Domingos Jorge Velho atravessou o pátio, pisando por sobre os mortos, vencedor mas exausto.

Rasgado nas malhas fortes da véstia e no couro da carne, a barba grossa de suor e sangue, um pé descalço, negro pela fuligem do solo em brasa, o terrível paulista era a encarnação viva da vingança, da violência, da destruição!

Junto ao poste-rei, Dandara acompanhava com os olhos fixos o Bandeirante que se aproximava do precipício. O resto da tropa vinha em segundo plano: era como uma silhueta vaga no olhar da mulata.

Foi então que a última e mais querida ialê de Zumbi-Rei adivinhou naquele gigante feroz surgido dos derrotados da aldeia finada o Chefe-Maior dos inimigos de seu povo: o Gana-Branco!

Esfarrapada, também, pela refrega de dois dias, coberta de pó, queimada pelas fagulhas que se desprendiam em haustos ardentes da aldeia carbonizada, pés chumbados no chão, pernas muito abertas, como troncos, as coxas grossas lanhadas de rijo nas roscas da pele mulata, os braços em chagas virilmente cruzados sob os peitos feridos também, os talhos abertos em bocas imponentes de ódio e despeito, Dandara bambula, de costas voltadas para a trágica descida rochosa, de tal modo tesou o olhar posto no Bandeirante que Jorge Velho estacou, surpreso, a uma distância de doze passos.

Ante tanta audácia, a prepotência petulante do guerreiro se amesquinhou por momentos. Mediram-se os dois dos pés à cabeça. Jorge Velho sentiu a necessidade de terminar. Falou:

— Onde estão todos... todos os que...

Mas a voz, arranhando o imponente silêncio do fim, só fez levantar um bando de urubus já pousado nas pontas restantes e sangrentas dos estrepes, no solo morto, nos galhos torados de bala...

— Onde estão? Eram cinco ou seis... Eu os vi! Que rumo levaram?

Dominando de novo o ambiente como senhor supremo de uma vitória evidente, Velho exigiu:

— Vamos! Responda!

Ouvindo a pergunta, a ordem depois, Dandara voltou-se sem pressa e cuspiu sua repulsa imensa no fundo do precipício:

— Estão lá! — E tornou a encarar o paulista.

— Onde está Zumbi?

Mais demoradamente ainda, Dandara repetiu o gesto, escarrando com mais força, lá embaixo, no grotão sinistro.

Com um aceno seco, Jorge Velho chamou seus ajudantes e se encaminhou para Dandara.

Ainda sem nenhuma pressa, a mulata voltou-se pela terceira vez para o precipício. Então, cuspiu sobre aqueles homens rotos e imundos a última centelha de um ódio repleto de asco, resvalou as pernas na curva do terreno e se deixou cair pelo despenhadeiro.

Debruçando-se, Jorge Velho ainda teve tempo de ver o corpo volteando no ar, as roscas da pele mulata lanhadas de cinza batendo nas quinas cruas da pedra, num dilaceramento de carnes, largando pedaços no ar, pintando mil raivas de rubro nos sangues...

Sobre o poste-rei, a caveira de boi de longos chifres parecia, alvinha no tempo, se rir da vitória de Domingos Jorge Velho.

Naquele dia, 7 de fevereiro de 1696, Palmares findou-se. Findou-se Zumbi. Findou-se Dandara, Dandara bambula, dos dengues rasgados do Rei Ganga-Zumba, Zumbi dos Palmares.

Findou-se também mais um arranco bonito dos homens de todos os tempos para a conquista definitiva do velocino de ouro.

149

— *Senhor. Dandosse comprimento ao que VMgde. tem prometido, vay na presente ocasiam hum pataxo para a Ilha da Madeyra, e considerando que naquelle porto pode estar navio de com mayor Brevydade chegue a esa Corte me pareceo nam dilatar a VMgde. a notisia de se aver conseguido a Morte de Zombi . . . .*
. . . .
. . . .
. . . .

para que VMgde. se satisfaça do zello com que procuro desempenhar as obrigaçoms de leal vasallo Ds. G. a Real Pesoa de VMgde. como todos desejamos. Pernco 14 de março de 696, CAETANO DE MELLO DE CASTRO.

150

Céu rosou chovidas tranquilidades para as bandas de São Raimundinho dos Longes.

O sem-fim do carrascal metia verdes de verde no azul da brisa.

Além, era a caatinga...

Mais embaixo, no vale do Tamoatá, as águas disparavam fresquinhas, vergando os calumbis de espinho e as tabocas narcísicas.

O tremido líquido da correnteza crescia tamanho nos bagres imóveis, projetando sombras tremidas no areão lavado do fundo.

Nisso, um sabiá-piranga partiu de uma ponta de pau seco para o alto de uma gameleira. Danou-se trinando suas delicadezas.

Depois, setou firme no rumo da serra.

Sumiu.

APÊNDICE

RELAÇÃO DE PALAVRAS MENOS CORRENTES,

*em geral de origem africana,
empregadas neste romance*

Ababalho — Refeição frugal.

Abedê — ou "Leque de Ogum". Grande leque de penas para cerimônias do culto.

Adajá — Conjunto de campainhas de metal para serem tocadas no candomblé, pelas cazumbas ou "Feitas".

Adarrum — Toque de tambor muito apressado, místico, rude e ininterrupto, para fazer baixar nos terreiros os orixás recalcitrantes. O adarrum é profundamente excitante.

Adô — I — Nome de uma cidade da nação Iorubá. II — Grande festa que, entre os iorubanos, se repete cada quatro anos. III — Lascívia.

Agê — I — Instrumento de música africano composto de uma cabaça bem seca, equipada com fios de tripa ou algodão onde são presas muitas contas. II — "Toucado-agê" — Coifa em forma daquele instrumento.

Agogô — Conjunto de duas campânulas presas por um cabo comum. Serve para "marcar pontos" em candomblés.

Agoxó — Espécie de torcida ou pavio feito da fibra do dendê.

Aiú — Jogo de negros. Compõe-se de um tabuleiro perfurado onde se espalham algumas sementes ou caroços. Manobram-se as peças à semelhança do jogo de damas.

Aluá — Bebida fermentada de milho, mandioca ou frutas selvagens.

Alujá — Dança sagrada de candomblé.

Amanso — Envenenamento paulatino de um branco por vingança de algum escravo. Para "amansar-senhor", os negros preparavam uma mistura de folhas de pango (colhidas por homem, longe das vistas de mulher), pipi (ou xixi), tajá, estramônio e esponjeira-do-brejo; talinhos de várias outras plantas venenosas; substâncias inusitadas como urina podre etc. A infusão feita pelos feiticeiros devia ser colocada sub-repticiamente na comida da pessoa visada.

Angana — Patroa, ama, senhora.

Anguzô — Pasta cozida de fubá de milho.

Anjinhos — Palavra empregada no plural. Instrumento de tortura destinado aos escravos. Compunha-se de anéis de ferro cujo diâmetro diminuía à vontade do amo. Certos senhores chegavam a esmagar os polegares de seus cativos com os "anjinhos".

Arenga — Discussão tola. Resmungo.

Aringa — Praça ou campo fortificado para guerras entre os negros cafres, núbios e zulus.

Aripá — Receita de remédio ou de veneno.

Arumã — Junco. Espécie de bambu.

Assiqui — Talismã do ritual cabinda para ser trazido sempre pendurado ao pescoço por um fio de algodão branco e preto.

Atabaque — Tambaque ou Tabaque. Tambor percutido por uma ou mais pessoas.

Babá — Pai. Chefe. Guia espiritual. Variação: Dadá. Rei-Bá — Chefe grande.

Babaça — Irmão gêmeo nascido em segundo lugar.

Babalaô — Sacerdote de algum ou alguns orixás. Variações: Babaloxá, Babalorixá e Babalaú.

Babatar — Apolegar, acariciar, tatear.

Bambá — Sedimento combustível do azeite de dendê ou de palma, usado em quengos (cuias de coco) com pavio de agoxó, para iluminação nos quilombos ou terreiros de candomblé.

Bambaré — Bamboré. Termo quimbundo que significa arruaça, barulho, pancadaria, briga coletiva. O bambaré, exclusivamente entre negros, tem o nome de zungu.

Bambê — Aceiro, divisa, margem, beira, limite.

Bambula — I — Espécie de viola dos negros bantus ou bantos. II — Nome carinhoso pelo qual eram chamadas as mulheres mais queridas, as ialês ou ocaias.

Banguê — I — Moinho. Engenho de fazer açúcar. II — Bens em geral. Fazenda. III — Padiola de ramos e folhas. IV — Fogão primitivo.

Bangulê — Cantiga obscena. Dança sensual.

Bantu — Banto. Grande divisão da raça negra. A raça negra divide-se, genericamente, em bantus e sudaneses. Os bantus provêm do centro e do sul da África (são os cafres, congos, cabindas, angolas, moçambiques, zulus etc.) enquanto os sudaneses têm seu berço no setentrião do continente (são os negros Mina, da Costa, do Camerum, de Ajudá...). Além desses, existem, ainda, no norte da África, os negros malés, haussás e outros de influência fortemente maometana (musulmis).

Banzo — I — Palavra quimbunda. Estado de alma acidental e contagioso dos negros no cativeiro. Moléstia estranha que atacava o negro. Loucura nostálgica e coletiva, por vezes. O banzo contagiava o negro, em geral, nos locais onde se lidava com cana de açúcar (engenhos e moinhos) após grandes ócios e libações de álcool ou fumaradas de ervas narcóticas como a maconha. O paciente do "banzo" começa possuído de forte excitação e vontade destruidora (inclusive fúria assassina). Sobrevém grande apatia, inanição e, comumente, a morte. II — Banzeiro — vago, pensativo, triste, errante, pasmado. III — Banzé — barulho, desordem, gritaria. IV — Banzá — Instrumento musical de corda, muito primitivo.

Batá — Pequeno atabaque de madeira. Batá-cotô.

Baticum — Batifundo. Desordem, barulho.

Berimbau — Birimbau. Berimbau. Marimbau — Instrumento de cordas e percussão conjugados.

Binda — I — Vasilha familiar para líquidos. II — Panela de pedra ou de barro.

Bingundo — Bebida muito fermentada. Acre. Azedo.

Bobó — Mingau de inhame cozido ou farinha de mandioca, leite de cabra e abóbora.

Bongar — Buscar. Procurar.

Bujamé — Flauta de bambu. Instrumento de sopro usado geralmente em ritual de culto.

Cabaça — Fruto seco de uma cucurbitácea muito comum na África e no nordeste do Brasil, cortado em forma de cuia.

Cabeceira — Chefe de guerra entre os negros. "Cabeceira-maior" — Chefe de alta graduação.

Caborje — Feitiço especial somente feito após demoradas consultas dos oluês a seus opelês.

Cacumbu — Resto. Caco de ferramenta.

Cafanga — Insídia. Cavilação.

Cafife — Moléstia provocada por feitiço. Desânimo. Depressão.

Cafunje — Moleque, negrinho travesso. Negrinho novo.

Caluje — Casinhoto de palha isolado. Tugúrio escondido na mata.

Calundu — Aborrecimento. Mau humor.

Calunga — Grande divindade quimbunda — o mar.

Cambariangue — Amigo, companheiro.

Cambica — Bebida quente de murici, maracujá, pitanga etc.

Camumbembe — Mendigo de estrada. Vagabundo, termo moçambique.

Candombe — Dança sagrada. Grande canjerê dos negros de Angola.

Canhengues — Sumiticarias. Mesquinharias. Usado no singular: sovino, avaro. É originado de quinjenje — palavra quimbunda.

Canjerê — Reunião de escravos com cantochão para cerimônias ocultas de fetichismo ou luto.

Canzenze — Arbusto de flores vermelhas, cujos ramos, mesmo verdes, queimam lentamente, produzindo uma longa luz, fria e fumacenta.

Capiangar — Furtar. "Capiangar o gongolô" — Deflorar mulher usando de ardil. — "Capiangar o cabasu" — Engambelar para a posse.

Capoeira — Jogo violento de pés e mãos de origem francamente africana. Luta de guerra ou esportiva muito corrente entre os quilombolas. Ver: "Xulipa de Escorão".

Caratuã — Sarrabulho. Comida feita com sangue e frissuras de porco ou de outro qualquer animal.

Catanga — Sub-raça de negros de Angola, na época escravizada aos ferozes jagas.

Catimbó — I — Ritual onde o sexo é fortemente exaltado nas mais livres práticas. II — Esconderijo onde aquele ritual tem lugar. III — O ato sexual.

Cauri — Conchas, cascas de mariscos ou búzios enfiados em cordões, com valor de dinheiro corrente na antiga África Central. Jimbô.

Cazumba — Termo de vários significados. Mãe de Cazumba era a Feita ou mestre de cerimônia nos candomblés. Tocadora de adajá (ou adjá) nos terreiros por ocasião do ato de dar comida à cabeça.

Coisa-feita — Trabalho de candomblé. Serviço. Despacho de macumba. Feitiço. Ebó.

Conho — Exclamação rude usual entre os sudaneses: "Xô, Conho!" Possivelmente, sinônimo de testículos.

Corda — Uma direção nos limites de uma terra.

Corumba — Mulher muito velha. Feiticeira. Mandingueira.

Cotoco — Pequeno tronco portátil usado nas fazendas como castigo ou, pelos capitães de mato, como prisão noturna para suas presas. Sólido bastão de quatro ou cinco palmos para ser passado por detrás dos joelhos do negro que, por sua vez, era curvado à força para diante até que as juntas dos braços, na altura dos cotovelos, ficassem também colocadas por trás do bastão. Então, os pulsos eram violentamente amarrados na frente das canelas, deixando o negro embolado no chão, incapaz do menor gesto de defesa contra os açoites da pena ou de ação para uma fuga. Pela manhã, a aplicação de uma cuia de salmoura, precedida de algumas relhadas mais, desembaraçava o negro da paralisia pelo longo tempo de imobilidade forçada, devolvendo-lhe novas condições musculares para o trabalho ou para outras caminhadas.

Cubandama — Complexo e longo cerimonial iorubano para o sepultamento de um Cabeceira ou nobre. — Efum-Cubandama — Sepultamento de um Régulo.

Cubata — Casinha de palha. Cabana.

Cucumbi — I — "Cucumbis" — Verrugas e lanhos de tatuagem feitas propositadamente nas faces, nariz e testa de alguns negros do Congo. II — Qualquer cicatriz rostra. III — Comida feita de feijão descascado. IV — Primitivo instrumento de música de Moçambique.

Cufar — Morrer (em quimbundo).

Cunene — O mais querido entre todos. O centro de todas as atenções.

Dadá — Orixá dos vegetais algumas vezes confundido com Ifá. Dadá foi a primeira filha póstuma do incesto de Orungã (o Ar) em sua mãe Odudua (a Terra), em sua forma de Iemanjá (a Água). Dadá é o orixá que preside o ato sexual entre homens e animais.

Dengue — Manha. Carinho. Ternura.

Diamba — Liamba ou riamba. Nome genérico da maconha e outras ervas entorpecentes cuja fumaça, aspirada, produz certa excitação, muito exagerada pela autossugestão.

Dunga — Dunga-Macota — Senhor. Os negros da Costa chamavam Dunga-Macota ao senhor mais poderoso. Maioral. Graúdo em sua terra. Dunga-Xará — Embaixador de um Régulo. "Dunga-Tará, Sinherê!" — Saudação eminentemente humilde. Reconhecimento e protestação de excelência. Ver: Saudações.

Ebó — Oferenda a algum orixá, deixada em horas tardias, de preferência em certas encruzilhadas.

Efeitos — Recursos financeiros com que se custeava uma expedição ou "Entrada" contra os quilombolas.

Efifá — Feitiço. Despacho. Ebó.

Eguns — Esta palavra é empregada geralmente no plural. Almas dos mortos. Não confundir com Ogum — Divindade comemorada às quintas-feiras. Orixá representando São Jorge. Egungum — A aparição das almas propriamente dita.

Elegbá — Eleguá. Eleguava. Elegbará. Forma fálica e maligna de Exu — diabo. Para os serviços, os pretos minas iniciados se preveniam com algumas horas de antecedência a fim de evitar perturbações no ritual do culto "limpando o terreiro", ou seja "despachando Elegbá para a África" onde — engambelavam-no — uma grande guerra estava acontecendo naquele momento. Assim, os trabalhos de candomblé podiam se estender sem perigo das travessuras de Exu até ao próximo pôr do sol, quando então, no máximo, deveriam estar terminados.

Endoque — Quimbombo. Feiticeiro Real.

Entrada — Operação de guerra, visando à submissão dos quilombolas. Também chamavam-se "Entradas" as incursões dos bandeirantes.

Epungo — Milho. O milho vermelho era chamado de Zaburro pelos negros.

Eté — Praga violenta. Maldição. O antídoto para o eté era mastigar um taco de olobó.

Evê — Nome de grande poesia: significa folha que o vento leva para um destino qualquer.

Exu — O diabo, o gênio do mal em sua forma comum. Como Omolu, o protetor dos negros fugidos — quilombolas —, Exu é comemorado às segundas-feiras.

Fimbo — I — Pequena lança ou azagaia de cabo curto. II — A alma. O espírito livre de um cativo. A Liberdade.

Fundango — Pólvora rudimentar de fabricação caseira.

Ganga — Gana. Senhor. Rei. Soba. Chefe supremo. Mansa-Ganga; Régulo de força.

Gêges — Negros subordinados à importante subdivisão da raça geral. Assim eram conhecidos os habitantes do reino de Ardras. Negros da costa de Daomei, os gêges teriam provindo dos primitivos daomanos. Como os nagôs, os fulas, os iorubas, os gêges eram sudaneses. Em oposição, os angolas, os congoleses, os cabindas, os benguelas, os cafres, os zulus e os gruncis ou negros galinhas, pertenciam a subdivisão bantu ou banto.

Gongá — I — Cestinha maneira. II — Altarzinho ou capelinha rústica.

NOTA: Quando o gongá é destinado às cerimônias fetichistas, toma o nome de Peji.

Gongolô — I — Bicho cabeludo. Centopeia, lagarta de fogo. II — Vagina de mulher.

NOTA: Não confundir com Mingongo, larva encontradiça nos coqueiros babaçu. Os negros palmarinos reputavam o mingongo assado como alimento saboroso.

Gonquinha — Garapa de açúcar, fruta inchada (não completamente madura) e farinha grossa e azeda.

Grampela — Vaso ou cesta de taquara.

Gris-gris — Amuleto para ser usado pendente do pescoço por um cordão. Trata-se de um saquinho contendo as mais inesperadas coisas como terra, dentes de parentes, cabelos, excremento seco, sangue, aparas de unhas... O gris-gris é molhado nas bebidas que o portador consome e posto sempre em contato com seus alimentos. Dessa maneira, impregnado de suor e imundícies, torna-se fétido e nauseante.

Gruncis — Pequena nação de negros também conhecidos por Garauncis ou negros galinhas. O nome adveio-lhes da maneira com que praticam suas danças imitando, em todos os passos, as diferentes posturas daquelas aves: ora abaixam as cabeças como se estivessem a ciscar o chão, ora fingem buscar um poleiro imaginário, ora, batendo sempre e fortemente os cotovelos nos flancos, fazem como se chamassem e acolhessem pintainhos sob as asas. Por serem negros poliandros, talvez os únicos negros poliandros da África, apenas imitam aves fêmeas, jamais repetindo movimentos de galos. Não obstante, são bons pastores, caçadores, e guerreiros destemidos.

Guarguaru — Peixe de rio muito grande e saboroso. Da família dos surubins.

Gunocô — Deus iorubano das florestas. Sinônimo de muito poderoso.

Guritão -— Boné militar de couro, em 1600-1680.

Guzo-do-ilu — Egungum. O momento exato em que os espíritos livres dos antepassados baixam na evocação dos terreiros.

Ialê — Mulher preferida. Os iorubas tinham algumas ialês entre suas esposas.

Iansã — Divindade africana, de umbanda, comemorada às quintas-feiras, juntamente com Xangô. Confunde-se com a personalidade cristã de Santa Bárbara. Iansã é, às vezes, conhecida por Oxum.

Ibá — Receita de veneno. Ver: Aripá.

Iemanjá — Divindade hoje muito popularizada sob várias invocações. Odudua em sua forma de Água.

Ifá — Criatura-orixá que vive exclusivamente para a prática do bem. Adivinho bondoso. Variações usadas: Efá. Ofá.
NOTA: O Ifá é confundido nas práticas de umbanda com Dadá, o orixá que preside os bosques e conhece os venenos das plantas.

Indunga — Este termo não tem uma tradução exata. Aproximadamente, pode-se admitir como Amor. Rabicho, grande simpatia. Também é usado como sinônimo de dinheiro.

Infusão-de-amansar-senhor — Veneno. Ver: Amanso.

Ioruba (paroxítono) — Uma das mais importantes divisões da raça negra (negros sudaneses). Iorubá (oxítono) — A nação dos iorubas, cuja capital era Oió sob a chefia suprema e despótica de um Olafim.

Irocó (oxítono) — Receita de veneno muito violento, aviada somente pelo quimbombo ou feiticeiro-chefe. Iroco (paroxítono) — Semiorixá que gostava de tomar a forma de grande gameleira na margem das estradas. Os negros invocavam Iroco como adivinho e ofereciam-lhe azeite de palma.

Itambi — Funeral banto para um Ganga morto.

Jagas — Negros antropófagos do interior de Angola. Eram, sem dúvida, os mais bárbaros selvagens africanos.

Jalodê — Jacaré. Crocodilo.

Jeguedê — Passo de dança dado com os pés juntos enquanto o corpo é quebrado quase até o solo.

Jibonã — Pessoa que, sem ser pai de santo, é autorizada a fiscalizar e dirigir certos rituais do culto iorubano.

Jimbo (Jimbô) — Antigo dinheiro africano constante de conchas, búzios ou mariscos. Ver: Cauri.

Jimbolô — Farnel. Comida seca.

Jongo — Dança monótona e sensualíssima dos negros nas fazendas. Os senhores usavam provocar o jongo para obterem mais crias quando decresciam os nascimentos entre seus cativos.

Lamba — Leoa.

Lançate de vovô — Nome que os bantos davam ao templo católico do Senhor do Bonfim, em Salvador.

Libambo — Corrente de ferro-doce que prendia os escravos ao tronco ou entre si, pelos tornozelos ou pelo pescoço.

Língua-de-vaca — Verdura de gosto e aparência semelhante à bertalha portuguesa.

Lumbambo — Coisa fantástica. Assombração.

Lumba — Leão macho e grande.

Lundu — Dança africana muito alegre e inocente.

Luz de Tagnanica — Fogo Santelmo. Fogo-fátuo. A "Luz de Tanganica" é tida como sinal de aparição da Mãe-do-Ouro.

Luzolo — Amor.

Mabunda — Canção alegre, às vezes maliciosa e pornográfica.

Macaia — Fumo. Tabaco manso.

Macamba — Camaradão. Grande companheiro.

Macota — Maioral. Ver: Dunga-Macota.

Maculo — Termo banto. Diarreia fortíssima com jatos sanguíneos.

Macumba — I — Ritual fetichista. Espécie de candomblé. II — Instrumento de música cujo som é produzido pelo atrito de uma banqueta em um bastão riscado de fendas.

Macuta — Antiga moeda de cobre em curso na Costa e em Angola. Valor aproximado, na época (1630): trinta réis.

Macuto — Mentira. Patranha. Peta.

Mal de bicho — Célebre epidemia que grassou em Pernambuco. Espécie de bexigas negras. Tiveram a doença, entre outros, o Padre Vieira e Montebelo. Só no ano de 1686, o "mal de bicho" vitimou mais de seiscentas pessoas no Recife e em Olinda, entre as quais o próprio Governador Matias da Cunha, o Conde do Prado.

Malamba — Desgraça. Grande infelicidade.

Malunga — I — Distintivo de nobreza. Pulseiras de miçangas usada no tornozelo direito das mulheres importantes ou tornadas importantes pelo casamento. II — Mulher nobre. III — Companheira fiel.

Malungo — Companheiro de bordo nos navios negreiros. Colega de serviço ou de fuga. Camarada. Macamba.

Mandinga — Sub-raça negra (negros sudaneses) cujos representantes eram fortemente dados às práticas de feitiçaria. Daí o sinônimo de Mandinga como feitiço.

Manfu — Tribo semierrante da África Central.

Manilha — I — Argola de enfeite. II — Pulseira sem indicação de nobreza.

Mansa — Imperador (no Sudão). Mansa-Ganga ou Mansa-Gana — O Rei dos Reis.

Maracá — Chocalho selvagem comum aos negros e aos gentios.

Marafa — Cachaça. Rum.

Maranduba — Maranduva — História. Caso. Conversa comprida.

Marimba — Instrumento de música de percussão.

Massumba — I — A corte real. II — A área e o conjunto de palhoças situadas dentro do cercado real.

Mataco — Termo chulo quimbundo que significa nádegas, bunda, coxas, assento. No singular: Ritaco.

Matanga — Velório com dança, bebidas, farnel e cantos fúnebres.

Matula — Mátula — I — Cama de escravo. Cama de pobre. Jirau. II — Comida Grosseira (para os cativos).

Matungo — I — Instrumento de música negra composto de uma cuia ou cabaça ressonante, guarnecida de ponteiros de ferro harmonicamente dispostos. II — Coisa que não anda. Não presta. Emperrada. Cavalo velho. De "cu-tunco" ou "mutungue".

Maxinga — Enredo. Alcovitice.

Maza — Água em iorubano. Variação: Mazi-omi.

Mazanga — Manzanga — Indolência. Ócio. Vontades dormidas do sexo.

Mijo-de-coco — Água de coco estragado. Coisa ruim. Sem prestativo.

Miles — Milhares. Corruptela negra muito usada. Da mesma forma, Reis por Rei.

Mingongo — Larva gorda que vive no coco babaçu e em outras palmeiras semelhantes. Petisco muito apreciado pelos negros, desde que assado em frigideiras.

Mironga — I — Segredo preso a forte juramento (Muanga). II — Mistério.

Mobica — Escravo forro. Negro liberto.

Mocambo — Cabana.

Moquiço — Cabana enfeitada para festa de bodas.

Muafa — Embriaguez. Bebedeira. Intemperança.

Muamba — Velhacaria. Negócio ilícito. Vigarice.

Muana — Criança. Molequinho preto.

Muanga — Juramento solene feito, muitas vezes, com sangue cruzado nos polegares.

Mubica — Escravo. Cativo novo. Cativo de recém.

Mucagi — Escrava-amante.

Mucual — Mucuali. Muncuali. — Punhal. Faca de ponta.

Mucufa — Tapera muito rústica. Apenas quatro paredes de barro e uma cobertura de palha.

Mucufo — Homem baixo de caráter. Ordinário. Torpe. Velhaco.

Muene — Senhor. Amo. Chefe. Rei. "Muene da gente" ou "Muene de nós" — Chefe muito estimado de seu povo. Expressão carinhosa. Bem-amado.

Muge — Adorno. Qualquer enfeite, com especialidade com material brilhante.

Muginha — Algodão em rama ou tecido grosseiro de algodão.

Muicanzo — Conglomerado de palhoças. Ralé.

Mulambo — Trapo. Mulambento. Homem esfarrapado.

Mumbica — Raquítico. Enfezado. Fraco.

Munda — Outeiro.

Munganga — Abóbora nativa. Aboboreira.

Munguzá — Espécie de sopa de milho cozido e leite de coco.

Munhambana — Limitada região ao sul da África, povoada por uma pequena e alegre tribo banto. Exímios e destemidos caçadores.

Muquá — Companheiro (em quimbundo).

Muquirana — Piolho branco, graúdo, que se espalha por todo o corpo. Proliferam por absoluta falta de asseio.

Murundu — Amontoado de qualquer coisa.

Mussala — Madeira africana muito dócil de ser trabalhada.

Mutanta — Madeira africana dura e negra.

Muxinga — Surra. Castigo corporal. Tunda.

Muzungo — Branco. Português. Termo pejorativo. Candango.

Nagô — Divisão da raça negra. Sudaneses.

Nambo — Namorado.

N'Baru — Divindade lendária quimbunda. Deusa das plantas e da maternidade.

N'Farsa — Rinoceronte.

N'Gô — Lugar de delícias. Paraíso.

N'Gombe — Deus das Cachoeiras. É de N'Gombe qualquer animal a ser sacrificado em cerimonial de orixás menores.

Obatalá — Orixá pouco compreensível como pai e filho de Olorum. Em conjunção com Odudua (a Terra), toma a forma de um só orixá bissexuado. Ver: Olorum.

Ocaia — Ou ocaiá. A esposa preferida em língua quimbunda.

Ocu — A morte. Morrer (em iorubano).

Odudua — Orixá que representa o planeta Terra. Iemanjá. Réplica de Vênus-Afrodite que, por interessante coincidência, é cultuada na Estrela Pastora e no Mar pelos babalaôs quimbundos.

Ogá — Senhor em iorubano. Variação: Obá.

Ogô — Pedra-de-ogó: Mineral muito parecido com ouro. Símbolo de riqueza, de força, de poder e de beleza. Zirconita. Contém monazita que lhe dá muito brilho.

Ogum — Deus da guerra, comemorado às quintas-feiras. Confundido muitas vezes com São Jorge e, nos rituais de quimbanda, com Oxóssi, cujo dia de culto é, também, quinta-feira.

Ojó — Oração de feitiçaria.

Olofim — Divindade menor. Orixá que preside os bichos do mato. No Camerum, o Olofim é representado por uma preá prenha. Olofim ou Alofim era o título do Governador do Oió, capital da nação Iorubá.

Olorum — Deus supremo. Pai dos deuses. O Céu. Olorum nasceu de — e gerou — Obatalá (uma espécie de Cristo, Filho do Pai) e Odudua (a Terra que precisava ser salva pelo Amor). Odudua seria a Estrela Pastora. A criação do mundo é representada por duas cuias emborcadas uma na outra, bordas se tocando em círculo como um horizonte infinito. A cena se traduz por Obatalá e Odudua em conjunção perfeita. Dentro das enormes cuias homens, bichos, plantas e pedras são gerados constantemente. Entre tais coisas, há muitos cauris (ver esta palavra) como símbolo da intemperança dos homens.

Oluô — Adivinho. Mago da aldeia. Ifá.

Omalá — Comida de ritual nas macumbas e candomblés. Os omalás são destinados a agradar aos orixás evocados e é servido aos presentes somente após o nascimento do próximo dia com o sol visível. Cada orixá tem seu próprio omalá: Caruru, efó, vatapá, oxinxim, galinha de dendê, abará, bode, sacuê etc.

Omolu — Divindade. Orixá comemorado às segundas-feiras. Um dos protetores maiores dos Palmares.

Opelê — Aparato feito de búzios, nozes, pedras, sementes, gomos de arumã, contendo azeite de palma ou dendê, cascos secos de cágado, ovos de papagaio, peles de bichos, penas, ossos e outras bugigangas, destinado a adivinhar o futuro e desviar desgraças. Os que operavam com os opelês eram conhecidos por Oluôs.

Orixá — Deuses e divindades menores da mitologia negra. O vocábulo vem do iorubano "orissá". Os nagôs chamavam orixá todas as divindades, inclusive Olorum. Vodus eram os orixás gêges. No cerimonial fetichista, os grandes orixás ou vodus são comemorados nos seguintes dias: Segundas-feiras — Exu e Omulu; terças-feiras — Oxumaré ou Oxum-Maré (o orixá do Arco-íris); quartas-feiras — Xangô e Iansã; quintas-feiras — Oxalá e Ogum; sextas-feiras — Oxalá e Obatalá; sábados — Oxum e Iemanjá (Odudua); domingos — todos os orixás menores. Os bantos não tinham propriamente orixás mas, uma vez chegados ao Brasil, adotavam com muita facilidade os orixás dos sudaneses.

Orobó — Pequeno fruto que, mastigado no momento em que alguém profere uma praga, torna muito maior sua eficácia mas, se a pessoa que mastiga o orobó é a vítima da praga, todos aqueles efeitos são imediatamente anulados.

Ossonhê — Divindade campestre menor e muito brincalhona. Saci-pererê. Variação usada no interior da Bahia: Osanhi.

Ougã — Diretor do candomblé. Pai de santo. Sacerdote negro de algumas tribos cafres e zulus.

Oxê — Feiticeiro cujo corpo está possuído por Exu.

Oxóssi — Divindade campestre que preside aos trabalhos da caça em geral. Às vezes confundido com São Jorge, é comemorado às quintas-feiras.

Oxumaré — ou Oxum-Maré — Orixá feminino que representa o arco-íris. Variação de Oxum, cuja linha tem a cor vermelha e é comemorado aos sábados, juntamente com Iemanjá (Odudua). O bracelete de Oxu-maré é de ferro-doce, representando uma serpente engolindo a própria cauda.

Pachorô — Rabo de boi preparado e adornado em profusão para uso em cerimônia de feitiçaria nagô. Só aos pais de santo era dado fabricar, possuir e usar um pachorô.

Pango — Erva mirtácea que os negros gostavam de fumar como tabaco. Não confundir o pango com panga ou panda (uma leguminosa africana) ou com a simples maconha nordestina.

Peça — Negro cativo. Escravo.

Pedra-do-raio — Aerólito.

Peji — Altarzinho de terreiro para sacrifícios em cerimônias de candomblé. Gongá.

Pemba — Giz especial para riscar "pontos" nos terreiros de macumba. Pemba-mobica — a pemba que só pode ser usada por homens livres ou forros. A pemba-mobica não pode ser empregada em terreiros onde tenha havido morte de homem.

Pipi — Ou xixi. I — Urina. II — Pequena planta leguminosa cujo suco, ingerido seguidamente, provoca grande depressão e, misturado com outros venenos, pode causar a morte. Ver: Amanso.

Pontas — Castigo para escravo. Queimaduras feitas nas nádegas com ferro em brasa.

Preceitos — Orações.

Puçanga — Mezinha. Remédio caseiro.

Puíta — Tambor pequeno, cilíndrico, para certas marcações.

Quebrar-um-coco — Manter relações sexuais.

Quente embaixo — Açoite especial com um chicotinho de tiras de couro bem finas, aplicado na parte interna das coxas onde a carne é mais sensível, para arder mais.

Quibungo — Bicho-papão. Animal que fala e que tem um buraco nas costas onde, quando se abaixa, abre como enorme boca para devorar, vivas, as crianças roubadas. Velho do saco.

Quilombo — Taperas, povoados ou aldeias escondidos na mata onde moravam os negros fugidos do cativeiro.

Quilombola — O habitante do quilombo. Escravo fugido do cativeiro.

Quimama — Comida gostosa feita à base de gergelim. Quimboto.

Quimbombo — Feiticeiro de Rei. O Endoque. Variação: Quomboto.

Quimbundo — Um dos mais importantes dialetos dos negros africanos.

Quinguingu — Serão feitos por escravos nos moinhos de cana, na entressafra.

Quizomba — Dança usada como introdução nos festivais de Adô, levados a efeito de quatro em quatro anos, período ocupado inteiramente em ensaios. Os festivais de Adô eram os mais descritivos dos quilombolas.

Ritaco — Singular rude de mataco. Usado, também, como sinônimo de cópula.

Rucumbo — Berimbau angolês.

Rum — I — Pequeno tambor feito de barro, em forma achatada, para transmitir recados na mata. II — Nome que os marinheiros davam a qualquer bebida alcoólica.

Sacuê — Galinha d'Angola. Galinha pedrês. "Tô Fraca".

Sambanga — Cínico. O que chega sem ser convidado.

Sarambeque — Música ligeira. Dança alegre ao ar livre.

Saudações Negras — Entre os quilombolas, como, de resto, entre os negros em geral, as saudações tinham uma expressão toda especial. A seguir, citaremos as mais usuais nos Palmares: Dunda-Lá — Salve o Rei, o Soba, o Chefe. Dunga-Tará, Sinherê — Salve o Grande Senhor. Ocu-Saruê! — Saudação a um morto ilustre (ou à própria Morte). Saruê — Meus respeitos, saudação com muito respeito. Olorum didê — O maior de todos os deuses te acompanhe (ou esteja contigo). Olorum modupê — O maior de todos os deuses te proteja. Cô si Obá cã afi, Olorum! — Nenhuma coisa existe, em qualquer lugar, que seja mais poderosa do que Olorum!

Soba — Chefe de um sobado. Rei. Régulo. Príncipe poderoso.

Sumaca — Pequena embarcação muito resistente ao mar forte. As sumacas tinham apenas dois mastros.

Tatanaguê — ou Tatanguê. Pássaro africano a que os negros atribuem certa divindade. Pássaro indicador dos bons caminhos. Caminhos limpos de "despachos" ou "coisas-feitas".

Tumbeiro — Navio negreiro de modo geral. Barco que fazia contrabando de escravos.

Tutu — I — Régulo ou Soba muito poderoso. II — Homem muito importante. III — Orixá.

Uantuafuno — (Vantuafuno). Escravo ou vassalo subordinado a um Soba.

Uaxi — Ataque de histeria mística em que a negra se contorce em movimentos muito ritmados e excessivamente lúbricos.

Uca — Cachaça rudimentar.

Urucungo — O maior de todos os tambores negros. Maior ainda do que o Batá-cotô sagrado. O urucungo só pode ser percutido em momentos de grande luto ou de muita solenidade.

Vu — Tambor só de uma face, cujo batido é triste como o luto que representa. É percutido, em geral, no cerimonial de sepultamento coletivo, após as batalhas.

Xacôco — Termo quimbundo. Pejorativo. Significa malvado. Ordinário ou velhaco.

Xangô — Deus negro que representa a pedra-do-raio ou o trovão. Comemora-se com Iansã, às quartas-feiras. Xangô é a encarnação da Justiça divina (de Olorum). Xangô Dzacutá — O justiceiro atirador de pedras.

Xaponã — Deus da varíola e das epidemias em geral. É representado por um orixá extremamente feio e coxo. Seu altar (peji) jamais pode ser erguido dentro de casa. Seu culto é feito nas encruzilhadas elevadas. Sua oferenda em vasilha de barro, é fita preta e amarela, farofa de azeite de palma, velas e moedas de cobre. Só se oferece tabaco a Xaponã quando existem epidemias grassando por perto. Rum não se oferece àquele orixá em tempo algum.

Xaxá — Embaixador de um Soba ou Macota. Representante de qualquer Régulo africano ou negro.

Xendengue — Franzino, magro, enxuto, pequeno. Do quimbundo: N'denge (fraco).

Xequerê — Instrumento de música entre os negros. É nome onomatopaico.

Xiba — Dança africana muito semelhante ao maxixe. Samba rude. Batuque sensual.

Xulipa de escorão — Golpe de capoeira. Golpe aplicado com a palma da mão na nuca do adversário. Complementando este golpe, o "Voo de Morcego" consiste em escorar na própria testa o impulso imprimido à cabeça do contendor. Ainda corrente, sobretudo na Bahia, existe uma infinidade de outros golpes de capoeiragem. Os mais conhecidos são: I — "Correr-uma-chincha": Passar a barriga de uma perna, rapidamente, pelas costas do contendor, na altura de seus rins, fazendo-o tombar, a seguir, com uma "queixada", para a aplicação subsequente da bárbara "banda". A rapidez empregada na sucessão dos golpes, sempre pluralizados, é a garantia de êxito nas lutas de capoeira. II — "Banda de frente, de lado ou de costas", conforme a posição da queda imposta e que resulta no traumatismo agravado com o peso do corpo do aplicador, atirando-se imediatamente por cima da vítima, calcando-a de encontro ao solo. III — "Facão" — Aplicação violenta (precedida do "Passo da

Cegonha", que se traduz em um andar gingado para o traiçoeiro despistamento) da mão em cutelo no lado do pescoço do inimigo. Esse golpe, também usado nas lutas orientais, pode produzir fraturas ou estrangulamento. IV — "Rabo de Arraia" — Golpe por excelência de capoeiragem dado, em geral, no rosto do adversário com a sola de um pé, logo seguido de uma segunda "solada" enquanto o lutador, de cabeça para baixo, gira o corpo em "leque", sustentando-se no chão com as mãos fortemente espalmadas em móvel pedestal. V — "Tesoura", é o "Rabo de Arraia" aplicado no meio do corpo do contendor, lateralmente, para o tombar e subsequentemente aplicar o cruel "Depois, me esquece..." (salto de pés juntos sobre a vítima, visando a esmagar-lhe o sexo). Quando o "Depois, me esquece..." é aplicado sobre a cabeça, peito ou ventre do inimigo, denomina-se "Bucha". VI — "Rapa" é a rasteira comum em sua forma mais primitiva, mas o "Corta-Capim" é a série de dois, três ou mais "rapas" seguidos. VII — "Voo de Morcego". Além daquele golpe já referido, chama-se, também, "Voo de Morcego" o "rabo de Arraia" ou a "Tesoura" aplicados sem o auxílio das mãos no chão. VIII — "Tombo de Ladeira" é o resultado selvagem de uma corrida feroz sobre o contendor, apanhando-o desprevenido, com os pés juntos, num deslize vigoroso, enquanto as mãos do aplicador apoiam-no numa elegante queda de costas. Entre muitos outros golpes, alguns de menor importância ou simplesmente preparatórios, temos o "Baú" — golpe isolado, por vezes mortal, em que o negro se atira como um terrível aríete, afundando o coco da cabeça, em posição absolutamente horizontal, no estômago ou na barriga do inimigo. Caso o "baú" não atinja seu alvo (por erro de cálculo, por uma "Lebre", "Lesa" ou "Quebra" do adversário) passa a se denominar "Escamado". Golpes defensivos são muito menos numerosos entre os capoeiras. É que os quilombolas julgavam, não sem muita razão, que a melhor forma de defesa é, ainda, o ataque... Contudo, são golpes defensivos:

I — "Espera'í!" Em meio de um golpe, o inimigo é fortemente agarrado pela frente e forçado a tombar por sobre sua vítima que, no solo, atira-o longe com as pernas subitamente distendidas como forte mola. II — "Dourado" — Trata-se de uma defesa especial para "Rapas" e "Corta-Capim": De um ágil salto, o agredido procura cair sobre o tornozelo do agressor no momento exato em que o pé do mesmo está em falso, no giro do golpe. Acertado o contragolpe, teremos fatalmente uma fratura muitas vezes exposta. III — "Peixe" é um golpe malicioso em que o agredido finge apavorar-se com a agressão. Encolhe-se no solo gemendo por clemência mas, aproveitando-se de um momento propício, contra-ataca de surpresa, em geral muito cruelmente.

Zabumba — I — Tambor grande. Bombo. II — Arrelia. III — Patuscada.

Zambô — Filho de preto e índio.

Zirimão — Corruptela de irmão.

Zu — Diabo roxo. O mais poderoso dos gênios do mal entre os negros. Uma das muitas formas fálicas de Exu. Nome guerreiro do Diabo.

OBS.: — Não confundir com Zambi, Zambe, Zumba e muitas outras variações de nomes próprios entre a nobreza iorubana (sudanesa). Nota-se a confusão em uma balada infantil antiga entre os negros do norte e do nordeste onde se fala em Zumbi de Iorubá: — "Zumbi (por Zambi) Cariapemba que vem do Iorubá comendo galinha no mutirão (?). A quem pede ele dá! — Dá não?"

Zumbo — Forte rumor. Burburinho. Mistura de vozes em discussão coletiva.

Zungu — Briga entre negros.

Sobre o autor

João Felício dos Santos nasceu em Mendes (RJ), em 1911. Começou a escrever em 1938 e exerceu a profissão de jornalista por mais de quarenta anos.

Sobrinho do ilustre historiador Joaquim Felício dos Santos, o escritor é consagrado por seus romances históricos, nos quais retrata fases importantes do Brasil, como o ciclo minerador, a chegada da família real portuguesa, a Inconfidência Mineira, a Guerra dos Farrapos, e resgata personagens que se tornaram célebres — Xica da Silva, Carlota Joaquina, Aleijadinho, Anita Garibaldi, Calabar, entre outros. Suas biografias romanceadas apresentam uma linguagem acessível ao grande público, sem perder a excelência no que diz respeito ao rigor memorialístico. Por sua força expressiva, os livros *Xica da Silva*, *Carlota Joaquina*, *Ganga-Zumba* (premiado pela Academia Brasileira de Letras) e *Cristo de Lama* foram adaptados para o cinema.

Também de autoria de João Felício dos Santos: *Ataíde, azul e vermelho*, *Major Calabar* e *João Abade*.

O autor faleceu em 13 de junho de 1989, no Rio de Janeiro.

Este livro foi impresso nas oficinas da
DISTRIBUIDORA RECORD DE SERVIÇOS DE IMPRENSA S.A.
Rua Argentina, 171 – Rio de Janeiro, RJ
para a EDITORA JOSÉ OLYMPIO LTDA.
em junho de 2010

*

78º aniversário desta Casa de livros, fundada em 29.11.1931